Heilung und Wandlung

unserer geliebten Erde

spirituelles Märchen

von

Johannes Allgäuer

Impressum:

Herstellung und Verlag: BoD- Books on Demand, Norderstedt

ISBN: 978-3-7481-4910-1

Vorwort:

Dieses Buch ist ein spirituelles Märchen – oder auch nicht...

Es kommt ganz auf die Sicht- und Handelsweise des einzelnen Lesers an.

Taucht mit den Hauptakteuren in eine andere Welt ein, die real ist und gleichzeitig im feinstofflichen Bereich liegt.

Es geht um nichts anderes als um die Rettung der Welt.

Oder gibt es doch etwas anderes zu tun?

Der geneigte Leser wird sehr schnell feststellen, dass nichts so ist wie es scheint...

Einige der erlebten Abenteuer können nachempfunden werden und viele der Übungen und Gebete zur Erdheilung dürfen gerne vom geneigten Leser nachgemacht werden.

Wer sich auf dieses Buch einlässt wird bald zu einem Teil des Großen Ganzen, welches mithilft, hier auf Erden Gutes zu tun – zum Wohle aller.

Herzlichst, euer Johannes

Inhaltsverzeichnis:

1. Kapitel – Yellow

John Palmer, ein Weltenbummler und Freund von Johannes, schickte ihm eine E-Mail.

„Ich muss dringend mit dir reden", sagte John,

„es geht um Leben und Tod für alle Menschen auf der Erde."

Mehr stand nicht in der E-Mail. Johannes war überrascht –

Was konnte das sein? John hatte lange in Deutschland gelebt und sprach gut Deutsch, deshalb war die E-Mail auch auf Deutsch verfasst worden. Johannes´ Frau Flora kam in den Raum: „Was hast du?" fragte sie.

„Mmh... Ich bin etwas beunruhigt... Ich habe eine E-Mail von John bekommen, du weißt schon... der Weltenbummler."

„Ach so..." sagte sie, „was ist denn passiert?

„Nun, es ist so, dass er sagte, dass die ganze Erde und alles, was lebt, auf dem Spiel steht."

„Dann schreib doch zurück über E-Mail", sagte Flora. „Schreib doch so, dass es nicht sofort auffällt."

Johannes setzte sich an den Computer und tippte folgenden Text hinein: „Verstanden, John. In Stichpunkten Näheres, Gruß J."

4

Die Antwort ließ nicht lange auf sich warten. Etwa 15 Minuten später kam eine E-Mail zurück.

„Es geht um Y. St. J."

Johannes schaute seine Frau an und sagte: „Lies mal, ich glaube, ich weiß, was er meint."

Johannes schaute sie an: „Y.St. heißt bestimmt Yellow Stone und J. heißt John. Gut, dann haben wir ja das gelöst, O.K."

Johannes schrieb zurück: „Old Faithfull?"

Einige Minuten später kam die Antwort.

„Bingo!" rief er.

„Was tun?", mailte er zurück.

Diesmal kam die Antwort nach 2 Minuten.

„Indianer".

Er überlegte und schrieb wieder zurück.

„Welche?"

Die Antwort ließ wieder nicht lange auf sich warten:

„Blackfoot, Absarokee, Shoshonen."

Johannes antwortete gleich darauf: „Ich recherchiere, melde mich später."

Dann stand er auf und ging in den Flur hinaus. Dort war ein großes Buch im Bücherregal über die Geschichte der Indianer. Er blätterte in diesem Buch und schaute nach, was dort unter Blackfoot, Absarokee und Shoshonen stand. Er erfuhr, dass diese 3 Stämme im Gebiet des heutigen Nationalparks Yellowstone lebten. Dieser Park war am 1. März 1872 gegründet worden und war somit der älteste Nationalpark der Welt. Er erfuhr außerdem, dass dieser Park nach dem Yellowstone River benannt worden war. Dieser Yellowstone River ist der wichtigste Fluss, der durch den Park fließt. Weiter erfuhr Johannes, dass überall geothermische Quellen, Geysire usw., ganz wichtig für die Tierwelt und für die Naturwelt des Parks waren. Den einzigen bekannten Geysir, den er kannte, war Old Faithfull, der war ja wirklich weltweit bekannt und in immer wiederkehrender Regelmäßigkeit spuckte er heißes Wasser in die Luft. Johannes überlegte nicht lange und ging wieder zum Computer. Er schrieb seinem Freund John jetzt folgende Mail:

„Einiges erfahren, wie geht`s weiter?"

Die Antwort ließ nicht lange auf sich warten. Innerhalb der nächsten halben Stunde kam sie postwendend zurück.

„Wir müssen uns sehen."

Johannes schrieb zurück: „Wie?"

„Ich werde mir dir Kontakt aufnehmen, ich werde eine Lösung finden. J."

Johannes antwortete daraufhin: „O.K!"

Er ließ aber den Computer an, falls wieder eine Mail käme. Sein Sohn hatte ihn auf Win 10 upgedated. Das Thema ließ ihm jetzt keine Ruhe mehr. Es war Indianersommer 2018 und Johannes hatte in verschiedenen Foren im Internet gelesen, dass es einen Supervulkan unterhalb des Yellowstone Gebietes geben sollte und dieser Supervulkan hatte sich bemerkbar gemacht. Johannes war sehr feinfühlig, was die Erdfrequenzen betraf, und so spürte er immer wieder, wenn irgendein Gebiet auf der Erde besonders bedroht war. Dieser Supervulkan hatte ihn schon mehrmals ein bisschen Magenprobleme oder Unwohlsein beschert. Doch dann hatte er gebetet und GOTTVATER um Hilfe angefleht, und es ging sofort wieder weiter. Genau das hatte er jetzt auch vor. Er setzte sich auf seinen Meditationsplatz und bat seine Frau Flora, sich zu ihm zu setzen. Gemeinsam sprachen sie dann ein Gebet:

„Geliebter VATER, wir bitten Dich jetzt um Schutz für alle Menschen, für alle Tiere, für alle Pflanzen auf der Erde, bei denen Du es erlaubst. Dein Wille geschieht jetzt. Amen, Amen, Amen."

Sogleich wurde es Johannes und auch Flora ruhiger im Herzen. Der kleine Wichtelmann Hutzlibub, der bei ihnen lebte, meldete sich:

„Johannes, ich hab eine Idee!"

„Jetzt nicht", sagte Johannes, „Wir sind am Meditieren".

„Ihr habt doch schon zu Ende gebetet".

Hutzlibub war ganz schön frech.

„Was möchtest du denn?"

„Ich hab eine Idee!" sagte der kleine Wicht.

„Was möchtest du denn?" fragte Johannes noch einmal.

„Ja, wie wär`s denn, wenn wir das ganze Gebiet einhüllen?" lachte der kleine Wichtel.

„Wie meinst du das?" Johannes schaute ihn an.

„Ja, wir müssen es einfach nur einhüllen." sagte Hutzlibub.

„Drücke dich klarer aus, bitte." Johannes war überrascht.

„Ja, wir machen eine Lichtsäule oder eine Kugel oder wie man das nennt drum herum, der John ist doch in der Nähe, der kann doch „live" dahin und du kannst doch auch Indianer dahin senden." Hutzlibub grinste, nachdem er das gesagt hatte.

„Dort oben nicht".

„Aber die können doch dahin reisen, das ist doch kein Problem, oder?" meinte Hutzlibub.

„Na, ja, du vertust dich da wahrscheinlich ein bisschen, die können nicht so wie du schnell mal über den Regenbogen reisen, das sind Tausende von Kilometern..."

8

Hutzlibub antwortete: „Sind`s eben nicht, du hast zwei Indianerfreunde geistiger Art, weißt du doch, die können dem John doch helfen."

Johannes Miene hellte sich auf: „Ach so meinst du das! Du meinst Wa-ta-wa-ne und Bo-lin-ba."

„Genau, die beiden meine ich." Hutzlibub grinste.

Wa-ta-wa-ne ist ein alter Wächterindianer, ein Wächterengel, der aus der Geistigen Welt sehr wichtige Arbeiten verrichtet und immer wieder hilfreich zur Seite steht, wenn man ihn braucht. Bo-lin-ba ist der Wächter des Yellowstone-Gebietes, erfuhr Johannes, nachdem er nachgefragt hatte. Er kannte ihn nur als Schutzpatron. Er war ja genau der Richtige für das Gebiet und für den Einsatz! Johannes ging zum Computer und schickte John eine weitere E-Mail.

„Hast du schon einmal von Wa-ta-wa-ne gehört oder von Bo-lin-ba?" fragte er ihn, denn so waren die Schreibweisen der Namen.

John antwortete innerhalb weniger Minuten. „Nein. Wichtig?"

„Sehr wichtig", antwortete Johannes, „noch wichtiger."

John antwortete: „Bin ganz Ohr".

Johannes musste schmunzeln, sein Freund John hatte schon einige interessante Worte und Sätze aus dem Deutschen übernommen. Und dann erzählte Johannes in Stichpunkten, ohne zu viel zu verraten, wer die beiden denn seien. John antwortete: „O.K. Bin bereit, dorthin zu reisen."

Etwa 1 Stunde später erhielt Johannes wieder eine Mail.

„Bruder, der Flieger geht bald. Hast du noch eine Botschaft für mich?"

„Ich schick dir die Engel mit", sagte Johannes. Als Antwort kamen drei Smileys. Johannes und Flora gingen ins Gebet und baten darum, dass ihr Freund John sicher und heil mit dem Flieger ankommen würde. Eine Bestätigung der geistigen Welt durch einen sanften Druck auf sein Kronenchakra war die Antwort.

„Jetzt muss ich mich aber mit den Blackfoot, den Absarokees und den Shoshonen beschäftigen", sagte Johannes zu seiner Frau Flora.

Sie nickte. Wusste sie doch nur zu gut, dass es wieder einmal 5 Minuten vor 12 war und allerhöchster Einsatz gefragt war. Bertelbart, der Zwerg, der bei Johannes und Flora wohnt, meldete sich: „Johannes..."

„Ja, Bertelbart, was gibt's denn?"

„Ich hab` da eine Idee, nicht nur Hutzlibub hat Ideen, hihihi!"

„Welche denn? Sag's mir." Johannes war jetzt neugierig.

„Ja, wie wär's denn, wenn ich vor Ort recherchiere, dann kann ich dir sofort alles sagen, dann brauchst du keine E-Mail."

10

Johannes strahlte! „Wunderbare Idee! Haben wir denn schon einen Regenbogen in das Yellowstone-Gebiet gebaut?" fragte Johannes.

„Klar, haben wir das gemacht, wir haben jetzt schon so viele Regenbögen gebaut, dass du gar nicht mehr alle weißt, oder?" Bertelbart schaute schelmenhaft.

„Mmh, nein, ehrlich gesagt nicht, wir haben bis jetzt weit über 1000 Stück gebaut, und ich weiß allerdings nicht mehr alle aus dem Kopf, Entschuldigung."

„Dafür musst du dich nicht entschuldigen", sagte Bertelbart, „das kommt vor. Er ist zwar nicht direkt beim Old Faithfull, aber gar nicht so weit weg."

„Ja und, da willst du jetzt hinreisen, lieber Bertelbart?"

„Ja, wenn du nichts dagegen hast oder brauchst du mich jetzt hier?"

„Nein, kannst du mir ein paar Obsidiane mitbringen?"

„Warum?" fragte Bertelbart.

„Ach, weißt du, Obsidiane sind keine, na ja, wie soll ich sagen, keine Heilsteine oder ... wie heißen die denn jetzt? "

Bertelbart lachte. „Hihihi!". „Du meinst keine Edelsteine. "

„Genau", sagte Johannes, „denn sie sind ja wohl vulkanischen Ursprungs, und dann irgendwie hart geworden."

„So kann man sich als Laie ausdrücken", sagte Bertelbart.

„Bin ich ein Laie?"

„Na ja, manchmal schon."

Johannes musste schmunzeln. Das Wissen, was die Zwerge und die anderen Naturwesen hatten, hatte er natürlich nicht.

„Einen Schneeflockenobsidian", fragte Bertelbart.

„Den habe ich doch schon als Trommelstein."

Johannes wusste nämlich, dass man Obsidiansteine als Schneidewerkzeug und Waffen genommen hatte und dass die Indianer sehr viel auf die Heilkraft der Obsidiansteine Wert legten. Er schlug danach in einem großen Buch nach, in dem viel über Steine stand. Als er dann den Obsidian fand, stand dort, dass er sehr krampflösend wirkte. Nun ja, Krämpfe hatte er nicht. Wofür sollte er also den Obsidian nehmen? Er überlegte und dann stand dort, dass der Obsidian dem Sternzeichen Skorpion zugeordnet war. Jetzt musste er lachen, sein Sohn war Skorpion, also könnte er ihn für ihn nehmen... wunderbar! Schon hatte er eine Lösung!

Auch stand dort, dass der Obsidian gut für die Wahrnehmung ist. Das wiederum war für alle Menschen gut. Johannes klappte das Buch wieder zu und setzte sich an den Computer. Er wollte gerade eine Mail an die gemeinsame Freundin Sabine schicken, da klingelte das Telefon.

„Hallo", meldete er sich am Telefon.

„Hier ist Old Smooth, ich bin Ruski ich in Amerika leben, und ich kann nicht so gut Deitsch. Ich dich fragen, du mir können helfen, meine Freund John hatte schon Kontakt mit dir aufgenommen."

Johannes war etwas verblüfft.

„Ja. John hat sich gemeldet per E-Mail. Aber wer bist Du?"

„Ich bin Old Smooth."

„Old Smooth?" fragte Johannes.

„Ja! Wie Smoothie, nur ohne „ie", halt Old Smooth, ich leben in Yellowstone Park manchmal, in die Nähe von die Old Faithfull und deshalb ich nenne mich Old Smooth."

„Und du bist Russe?" fragte Johannes.

„Ja, eigentlich mein Name ist Wladimir, aber ich mich hier nennen Old Smooth."

Johannes musste lachen, das erinnerte ihn sehr an die alten Karl May Bücher, wo die Helden auch alle mit Old begannen, wie z.B. Old Shatterhand.

„Ja, Old Smooth", sagte Johannes, „das hört sich alles ganz gut an, aber wie kann ich dir helfen?"

„Wir haben Probleme hier mit dem Vulkan, wir glauben, der große Supervulkan könnte brechen aus. Comprende?"

„Ja, ich versteh dich. Aber die Telefonverbindung ist nicht so gut."

„Ja, wir haben hier nur Drahtlostelefon, wie sagt man bei euch, Handy, ja, ja, Mobilephone, genau."

„Wie wär`s, wenn du Kontakt mit meinem Zwerg aufnimmst, der ist auf dem Weg zu euch."

„ Zwerg? Was für eine Dwarf?" fragte Old Smooth.

„Ja, ein Zwerg. Er heißt Bertelbart, ist ganz lieb und ist mein Freund. Er kommt zu euch über den Regenbogen und dann können wir die Kommunikation über ihn machen, dann brauchen wir kein Telefon."

„Eine gute Idee, wunderbar", sagte Old Smooth.

„Wie ihn erkenne, wann er kommen?"

„Ach, er findet dich schon. Sag einfach, wo du bist, dann findet er dich."

Johannes schmunzelte, denn er kannte Bertelbart nur allzu gut.

„Ich werde sein an die Old Faithfull, ich habe weiße Bart, bin ungefähr 50 Jahre alt, ich habe vergessen, wann ich habe Geburtstag, nicht wichtig, und ich habe große Hut auf, ganz große wie Sombrero, nur für, wie sagt man, für Cowboys."

„Ah ja, "sagte Johannes, „das ist interessant."

„Und ich habe Hose an, grün, grüne Hose und dreckige Jacke, alte Jacke mit Flicken und große Schuhe, große braune Schuhe, ich Schuhgröße 49."

Johannes lachte.

„Dann hast du ja noch größere als ich mit Größe 47."

Old Smooth reagierte prompt.

„Du können sehen, große Füße – großer Mann, nicht immer, ich nur 1,72 m, aber große Fuß."

Johannes lachte.

„Dann müsste man dich Old Fuß beziehungsweise Old Feet nennen und nicht Old Smooth, hahaha!"

„Du sein ein Schlitzohr, Lümmel, ja? " sagte Old Smooth.

„Gut, ich werde Bertelbart zu dir schicken und er wird sich bei dir melden. Kannst du mit Naturwesen kommunizieren?"

„Ich kann manchmal, wenn ich bin gut drauf, wie man sagt."

Johannes grinste.

„Wir probieren es. Ich schicke ihn zu dir, und dann werden wir weitersehen. Danke, Freund von John und bald auch meiner. Bye, bye, tschüss", sagte Johannes und legte auf.

Das war ja was, dachte er so. Old Smooth, von dem hatte er ja noch nie gehört. Ein Russe, der in Amerika lebte und für den Naturschutz da war und wahrscheinlich auch sehr spirituell,

15

denn er konnte sich gegebenenfalls mit Naturwesen verständigen.

„Bertelbart, Bertelbart", leise rief er ihn in Gedanken.

„Ja, Johannes, ich habe alles mitbekommen", sagte Bertelbart.

„Also, triff dich mit Old Smooth, du hast mitbekommen, wie er aussieht, wo er ist."

Der Zwerg nickte. „Ich werde ihn finden. Ich reise in der nächsten Viertelstunde ab und melde mich, wenn ich Old Smooth gefunden habe."

2. Kapitel – Old Smooth

Bertelbart brauchte nur wenige Minuten, da er über die Regenbögen rutschte und relativ schnell im Yellowstone-Gebiet war. Man muss sich das so vorstellen, dass Naturwesen eine andere Technik zum Reisen haben als wir Menschen. Sie müssen nicht wie wir in der 3. Dimension mühselig einen Schritt vor den anderen stellen, sie können auch andere Techniken benutzen. Sie können etwas an visualisieren und sind dann da. Als Beispiel kann man sagen – ihr steht auf einem Hügel und seht in der Ferne von 5 Kilometern meinetwegen ein anderes Ziel, visualisiert es an und schon seid ihr da, so schnell geht es. Deshalb war Bertelbart in relativ schneller Zeit am Old Faithfull: Dieser war gerade relativ still. Dort stand ein Mann und wartete.

„Hallo, Old Smooth", sprach Bertelbart ihn an. „Grüß dich, ich bin es, Bertelbart, der Freund von Johannes."

Dann zupfte er ihn die ganze Zeit an der Jacke. Zuerst reagierte Old Smooth gar nicht, denn er war in Gedanken vertieft. Und Bertelbart zupfte und zupfte. Nichts half. Jetzt musste er zu etwas Stärkerem greifen. Er nahm all seine Kraft zusammen und riss Old Smooth`s Hut vom Kopf. Darunter war eine graue Löwenmähne, wie man so schön sagt, zu sehen. Old Smooth zuckte – was war denn das?

Der Hut fiel auf die Erde, er bückte sich und in dem Moment sprang ihm Bertelbart vor`s Gesicht und streichelte ihn an der Nase. Old Smooth zuckte zurück. Wer war da?

Wollte ihm da jemand einen Streich spielen? Bertelbart sagte dann: „Bertelbart Zwerg, Bertelbart Zwerg, Bertelbart Zwerg…"

Beim fünften oder sechsten Mal vernahm Old Smooth ganz leise in seinem Kopf eine Stimme.

„Kann sein, dass da ist Zwerg?" fragte er.

Bertelbart sagte: „Ja, ich bin da, ja, ich bin da!"

Old Smooth zuckte zurück!

„Du sein Zwerg von Johannes? Ja, ich dich nur hören, nicht sehen können."

„Macht nichts", sagte Bertelbart, „Konzentrier dich nur auf das Gehörte. Wenn du mich hörst, reicht das."

„Wie du kommen so schnell?"

„Ich bin über die Regenbögen gereist." Bertelbart strahlte dabei und hob stolz die Brust.

„Was für Regenbögen?" fragte Old Smooth.

„Wir haben spirituelle Regenbögen überall über die Welt gebaut. Da können die Naturwesen darüber reisen. "

„Warum?" fragte Old Smooth.

„Weil es ihnen hilft, die Erde gesund zu machen." Bertelbart freute sich, als er das sagte.

„Oh gut, Mutter Erde gesund, sehr gut, sehr gut."

Dann erzählte Bertelbart in kurzen Sätzen, was Johannes ihm aufgegeben hatte, für Old Smooth.

„Wunderbar, wunderbar, " sagte er", wunderbar. Ich bin ganz glucklich."

„Das heißt glücklich, sagte Bertelbart schmunzelnd.

„Sag ich doch – glucklich."

Bertelbart musste wieder schmunzeln. Old Smooth konnte nicht so gut die deutsche Sprache sprechen, aber das machte nichts.

„Wenn du willst, kannst du auch in Russisch sprechen, ich übersetze es dann für Johannes", sagte der Zwerg.

„Du kannst Russisch?"

„Ich kann jede Sprache verstehen, wenn ich will. Wir haben einen Universalübersetzer." Bertelbart strahlte jetzt!

„Wo du haben her, von Star Trek?"

Bertelbart musste über den Russen schmunzeln. „Nein, das ist bei uns Naturwesen so, wir verstehen jede Sprache."

„Oh, das sein praktisch. Aber ich sprechen Deitsch, weil ich muss lernen."

„Wie du möchtest", sagte Bertelbart.

Und dann erzählte Old Smooth Bertelbart alles, was er wusste. Zwanzig Minuten später meldete sich Bertelbart telepathisch bei Johannes.

„Johannes, Johannes, hallo Johannes..." Beim dritten Mal bekam er Antwort.

„Ja, Bertelbart, ich bin schon da. Ich war nur eben draußen, da kann man schlecht reden."

„Johannes, es ist so schön hier, wunderschön. Es ist zwar nicht sonderlich warm, aber schön."

„Wärmer als bei uns? fragte Johannes.

„Eigentlich nicht, da ihr ja noch Sommer habt."

Johannes war jetzt neugierig und fragte: „Was hat Old Smooth gesagt?"

„Mmh, zuerst hat er mich gar nicht erkannt und ich musste zu härteren Bandagen greifen, wie du weißt."

Johannes musste schmunzeln. Das kannte er.

„Und dann haben wir über dies und dass geplaudert, und dann hat er mir alles erzählt, was wichtig war."

Der Zwerg machte eine Pause.

„Ja, lass dir nicht immer alles aus der Nase ziehen", meinte Johannes, „erzähl schon."

„Ja weißt du Johannes, es ist so... die Blackfoot, die Absarokees oder wie die heißen und die Shoshonen, das sind ganz alte Indianerstämme, die haben in dem Gebiet gelebt, wo jetzt der Vulkan ist. Es gab immer wieder Probleme mit dem Vulkan. Sie waren sehr, sehr vorsichtig. Sie hatten einen Heidenrespekt vor diesem Vulkan, kannst du mir glauben."

„Das glaub` ich", sagte Johannes „und weiter?"

„Ja, es ist so, als der Nationalpark gegründet wurde, da wurden die Indianer, wie woanders auch, in Reservationen mehr oder weniger, wie sagt man, eingesperrt oder sie schlossen sich zu Reservationen zusammen, ich weiß nicht genau, wie man es nennt."

„Was geschah dann?" fragte Johannes interessiert lauschend.

„Ja, die weißen Siedler, die kamen immer weiter, immer näher an das Gebiet heran und auch an die Tiere, und als dann dort der Nationalpark erschaffen wurde, da gab`s das einzige Rückzugsgebiet für die Tiere und die Indianer waren auch sehr glücklich, dass die Tiere geschützt waren. Ja, jetzt geht's um diesen Vulkan, diesen Supervulkan."

„Ja", sagte Johannes, „der Supervulkan, ich weiß, der ist in dem Gebiet des Yellowstone Parks."

„Ja, genau. Wir müssen jetzt eine Möglichkeit finden, ihn von hier aus einzuhüllen oder ihn zu schützen, weil das größte Problem ist, du weißt vielleicht, dass der Yellowstone Park größtenteils im Bundesstaat Wyoming liegt und nur ein bisschen ist in Montana und Idaho, d.h. wir müssten jetzt eigentlich, wenn wir offiziell was machen würden, in Wyoming nachfragen. Die wären bestimmt nicht begeistert."

„Ja, was willst du offiziell machen, wir wollen ja geistig was machen", antwortete Johannes.

„Genau und das ist so, verstehst du."

„Ich versteh gar nichts, sag schon."

21

Bertelbart lächelte beim Reden: „Du weißt doch, was ich meine."

„Nein, was meinst du denn?"

„Wir werden es folgendermaßen machen…" und dann begann Bertelbart aus dem Nähkästchen zu plaudern…

„Aha, du möchtest Erdheilung und Orgonenergie dort installieren, " sagte Johannes, „Ist ja interessant, aber wie kriegen wir die da hin?"

Bertelbart lächelte süffisant. „Ach, weißt du, wir machen das so, ich lasse Old Smooth welche bauen und John ist ja auch irgendwann da, die Baupläne weiß ich ja, wie das geht. Ich werde es ihnen sagen, und du wirst es von Deutschland aus aufladen. Meinst du, das geht?"

„Mmh, ich denke schon", sagte Johannes, „eine Möglichkeit ist es und dann werden wir uns der anderen Vulkane annehmen, wenn wir den Yellowstone hier eingehüllt haben."

„Die anderen Vulkane?" fragte Johannes.

„Klar, alle die, welche gefährlich werden könnten."

Johannes stutzte: „Alle Vulkane auf der Welt? Das ist aber viel Arbeit."

„Möchtest du, dass sie ausbrechen oder möchtest du es nicht?" fragte Bertelbart.

„Ich möchte es nicht", sagte Johannes, „aber wir werden das machen, was der VATER möchte."

„Genau. Und wir haben gefragt, wir dürfen helfen. Das heißt, wenn wir ihn einhüllen und der VATER möchte, dass er ausbricht, dann wird er nur so stark ausbrechen, wie es der VATER möchte."

„Pfiffiges Kerlchen, das muss ich schon sagen", meinte Johannes.

Bertelbart nickte: „Danke, ich bin ja bei dir in die Lehre gegangen."

„Oh, zu viel der Ehre", sagte Johannes.

„Na, na, na, na, na, na – wir helfen uns gegenseitig, das ist doch richtig so."

Johannes nickte. „Das stimmt."

Plötzlich meldete sich Hutzlibub: „Bertelbart, huhu, ich bin jetzt hier geblieben, du bist heut mal auf Achse."

„Weißt du, Hutzlibub, das ist was für Größere, er hätte dich nicht erkannt."

„Hahaha", sagte Hutzlibub, „das glaubst auch nur du."

„Du musst heute mal von zuhause aus arbeiten und morgen und übermorgen auch und dann schauen wir mal ", meinte Bertelbart.

„Gut, ich helfe Johannes, der braucht mich auch."

Johannes musste schmunzeln, als er die beiden Freunde reden hörte. Sie verhielten sich irgendwie wie ein kleiner und großer Bruder. Und Johannes fühlte sich manchmal wie der Papa, aber auch nur manchmal... Alle mussten lachen. Es war nämlich so, dass die beiden Naturwesen auch die Gedanken von Johannes lesen konnten, wenn sie sich anstrengten und Johannes dies zuließ, das muss man dazusagen.

„O.K.", sagte er, „Bertelbart, du fängst an und ihr versucht irgendwie Erdheilungsenergetisierungsstäbe herzustellen oder wie auch immer und vielleicht können wir in der Richtung was tun."

„Gut, ich melde mich wieder ", sagte Bertelbart. „Bis später."

3. Kapitel – Erste Vorarbeiten

„Johannes?"

„Ja, Flora", sagte er.

„Wie groß ist eigentlich der Yellowstone-Nationalpark, kannst du mal nachschauen?"

„Das habe ich schon gemacht", sagte er. „Du musst dir vorstellen, er hat eine riesengroße Fläche, fast 9000 Quadratkilometer, und er hat eine Länge, na ja, wie soll ich

24

sagen von Norden nach Süden ungefähr 100 km und von Osten nach Westen so knapp 90 km."

„Wow!" sagte Flora. „Wow! Das ist ja riesig!"

„Das kannst du laut sagen, das ist gigantisch. Das kann man sich gar nicht vorstellen. Wenn du bedenkst, dass das ein einzelner Park ist, der so groß ist."

„Ja, in der Tat, das ist riesig, ganz schön groß."

Johannes nickte.

„Das ist ja, als wenn man hier vom Allgäu aus bis München fährt. Wow, das ist ganz flott groß. Und dieser, wie heißt dieser spuckende Vulkan, der so bekannt ist?"

„Old Faithfull heißt er", sagte Johannes.

„Ja genau, von dem habe ich schon gehört", sagte sie.

Johannes lächelte: „Dieser Old Faithfull, der hat eine ganz liebe Schwingung, und ich kann den channeln."

„Du kannst den channeln?" sagte Flora,

„Ja, weißt du, ich kenne den Bo-lin-ba, das ist der Wächter des Gebietes, das ist ein alter Indianer, und über den kann ich channeln."

„Ach so, dann frag ihn doch, was wir machen sollen…"

„Das habe ich auch vor. Zündest du bitte eine weiße Kerze an? " fragte er.

„Hab` ich schon längst gemacht, dreh` dich mal um."

Johannes drehte sich um und lächelte. Auf seine Flora war Verlass, sie wusste immer genau, was zu tun war.

„Gut, jetzt gehen wir ins Gebet."

Die beiden legten ihre Hände aufeinander und beteten:

„Geliebter VATER, wir bitten dich jetzt um Heilenergie für das Yellowstone-Gebiet und dass der Supervulkan, der da brodelt, besänftigt wird, wenn du es erlaubst, denn nur Dein Wille geschieht jetzt. Wir bitten auch, dass wir Kontakt zu ihm aufnehmen dürfen und zu allen anderen aktiven Vulkanen, dass wir dort hilfreich helfen dürfen. Amen, Dein Wille geschieht jetzt. Danke, danke, danke, geliebter VATER! Deine dich liebenden Kinder, Johannes und Flora. Amen, Amen, Amen."

Sie merkten, wie es warm, fast heiß in ihren Händen wurde, wie eine angenehme Wärme ihre Körper durchflutete.

„Wir haben die Erlaubnis bekommen", sagte Johannes.

„Ich hab`s auch gespürt", sagte Flora.

„Gut, fangen wir an."

Johannes nahm einen großen Zettel und begann, ohne drüber nachzudenken, einfach zu malen bzw. er ließ malen, wie man so schön sagt, denn seine Engel, die bei ihm waren, führten seine Hand und er malte etwas, das wie eine große spitze Nadel war.

„Was ist das?" fragte Johannes.

„Ein Erdheilungsenergetisierungsstab für den Yellowstone Park", sagte sein Hauptschutzengel Theres.

„Oh, wunderbar", meinte Flora, als sie den Zettel sah. „Was ist das?"

Johannes erklärte es ihr.

„Mmh, wie machen wir das?"

„Ganz einfach", meinte Johannes. „Ich gebe jetzt hier in diese Zeichnung Energie hinein und dann transformieren wir diese Energie geistig in die Erdheilungsenergetisierungsstäbe, die drüben im Yellowstone gebaut werden."

„Cool!" Wer sich da gemeldet hatte, war Hutzlibub.

„Ah, du bist auch wieder da", sagte Johannes.

„Natürlich bin ich da. Wenn du cool hörst, bin ich das meistens."

Der kleine Wichtel war ganz schön frech heute. Johannes musste schmunzeln, er kannte es ja. Schließlich war er ihr Lieblingswichtel, wie Hutzlibub immer sagte, denn es war ja nur ein Wichtel in der Familie.

„Du Johannes, ich hab` eine Superidee!"

„Schon wieder?" fragte Johannes.

„Klaro, genau wie du, habe ich immer Ideen. Wie wär`s denn, wenn wir jetzt sofort mit Old Smooth Kontakt aufnehmen, über Bertelbart, und ihm sagen, dass wir über Bo-lin-ba Informationen bekommen wollen."

„Das ist natürlich eine wirklich gute Idee, machen wir. Bertelbart, Bertelbart…" rief ihn Johannes.

„Ich höre, wir kontakten jetzt Bo-lin-ba und wollen gucken, ob wir jetzt den Old Faithfull channeln können."

„Wir probieren es. Ich halte dich auf dem Laufenden."

„Gut, bleib doch einfach in der Leitung", sagte Johannes zu ihm.

„Können wir probieren", antwortete Bertelbart.

Johannes setzte sich hin, ihm gegenüber saß Flora und links von den Beiden saß Hutzlibub und rechts saß Adalbert, der andere Zwerg, der bei ihnen wohnte. Jetzt waren sie zu viert in diesem Raum. Sie verbanden sich miteinander und Bo-lin-ba wurde geistig gerufen. Er meldete sich relativ schnell. Johannes sprach ihn an:

„Wir grüßen dich, du Wächter des Yellowstone, großer Indianergeist Bo-lin-ba, können wir über dich einen Kontakt zum Old Faithfull aufbauen?

Bo-lin-ba spürte die Information und die Energien der Freunde und nickte.

„Ja, das ist möglich. Ich bin in der Lage, mit euch zu sprechen, auch in Deutsch, da ich jenseits von Raum und Zeit bin, ist das möglich."

Johannes war überrascht über die tiefe Stimme des Wächterengels.

„Wie geht es denn dem Old Faithfull, und wie geht es auch dem Supervulkan, kannst du uns da nähere Informationen geben?"

Bo-lin-ba antwortete: „ Sie sind beide sehr aufgebracht und sehr wütend, was sich gewisse Menschen erlauben, auf und in eurer Erde zu tun."

Johannes nickte. „Verstehe. Wäre es möglich, wenn wir jetzt hilfreich eingreifen werden, kann das reichen, dass eine Besänftigung eintritt? Erlaubt das der VATER im Himmel?"

„Ja, wir glauben schon, dass die Besänftigung eintreten kann. Der VATER erlaubt sehr viel, was für die Erde geschieht. Doch solltet ihr euch im Klaren sein, dass nicht immer alles erlaubt ist. Aber wenn ihr vorher fragt, seid ihr auf der sicheren Seite."

„Johannes nickte abermals und erzählte Flora kurz in Stichpunkten, was der Indianer gesagt hatte, denn die telepathische Information empfingen die beiden Naturwesen und er, nur Flora nicht, so weit war sie noch nicht entwickelt.

„Darf ich dich auch was fragen?" meinte Flora.

Johannes nickte, denn er hatte das Signal von Bo-lin-ba bekommen, dass sie auch fragen konnte.

„Ich möchte wissen", sagte sie, „was du glaubst, was unsere geliebte Erde am dringendsten braucht. Sollen wir jetzt hier arbeiten oder an dem Supervulkan oder gibt es viel dringendere Dinge auf Erden?"

„Superfrage!" sagte Johannes, „Das hätte ich auch fragen können."

Bo-lin-ba überlegte und sagte dann: „Eine sehr, sehr berechtigte Frage. Dieses Thema hier mit dem Vulkan ist für die ganze Erde wichtig, denn wenn dieser Vulkan ausbricht, dann hilft nur noch ein Wunder, um euch vor einer großen Eiszeit zu schützen."

„Wieso?" fragte Flora, nachdem sie kurz die Antwort bekommen hatte.

„Nun, es ist so, wenn der große Supervulkan ausbricht, dann wird die ganze Erde mit einer riesigen Schicht von Staub und Dreck und vielen Partikeln eingehüllt, über eine lange, lange Zeit."

Flora schluckte zuerst, als sie es hörte und sagte: „Das glaub` ich nicht, das lässt der VATER nicht zu, oder?"

„Das kann ich auch nicht genau sagen", sagte Bo-lin-ba.

„Mmh", meinte Flora, „Interessant. Also du meinst, das Thema ist schon brisant und wichtig."

„Sehr wichtig, 2018 ist das erste Schlüsseljahr und es kann bis 2020 oder auch länger dauern."

"Ja, da hast du wohl recht", sagte Johannes. „Das sehe ich auch so. Was hältst du von den Erdheilungsenergetisierungsstäben?"

„Wunderbar! Und wie viele sollen wir verteilen?"

„Oh, das ist schon einiges für das Yellowstone-Gebiet. Einen Moment, ich frage mal nach."

In der Zwischenzeit erklärte Johannes der Flora, was Bo-lin-ba gesagt hatte. Dann meldete sich der Indianer wieder.

„27 Stück für das Yellowstonegebiet und insgesamt 90 Stück für die Erde."

Johannes grinste. „Oh, da habe ich aber einiges zu tun, oder?"

„Du nicht, sondern deine Freunde, die vor Ort sind."

Bo-lin-bas Stimme war jetzt mitfühlsam.

„Ja, das kann ich doch einfach mit dem Atlas machen, oder?"

Das war typisch Johannes…

„Oder mit einer Karte der Region. Du kannst es, wie sagt man bei euch, verstärken oder unterstützen, aber vor Ort ist es natürlich wichtiger."

„Das heißt, Bertelbart, John und Old Smooth können zusammen im Yellowstone Park alles machen und der Rest, der wird dann passieren, indem wir Leute kontaktieren, die es vor Ort machen - oder wie?" fragte Johannes.

„So ungefähr. Wenn du es ins morphogenetische Feld der Erde gibst, dann wird es dort verankert."

Johannes bohrte nach: „Muss da wirklich jemand vor Ort sein?"

„Es ist stärker, wenn es vor Ort zusätzlich gemacht wird. Es reicht zum Teil auch über`s morphogenetische Feld, aber wie gesagt, vor Ort ist es noch stärker."

„O.K., gut zu wissen", antwortete Johannes. „Wie viele brauchen wir denn noch in Deutschland?"

„Deutschland ist abgedeckt von dem, was ihr schon gemacht habt."

„Oh, das ist ja wunderbar! Und wie sieht es mit den Nachbarländern aus, Schweiz, Österreich, Italien usw.?" fragte Johannes.

„Die sind nicht abgedeckt, da sollte noch etwas getan werden."

„Müssen wir nur in Gebiete, wo Vulkantätigkeit ist oder ist es gut, wenn allgemein etwas gemacht wird?"

Bo-lin-ba sagte: „Die Gebiete, wo Vulkantätigkeit ist, sind natürlich verstärkt zu unterstützen, aber auch die Ländereien und Länder, wo Krisenherde sind, wie jetzt z. Zt. in Afrika, Naher Osten usw."

„Ah, du meinst die Unruhen im Augenblick weltweit?"

„Ich meine allgemein die Probleme, die weltweit momentan da sind, ja."

Johannes nickte. „Der Yellowstone hat deshalb 27 Stück, weil es hier ein besonderer Krisenherd ist, oder?"

„Genau!"

„Dankeschön", sagte Johannes, „vielen Dank. Dann werde ich da bald anfangen. Hallo, Moment, ich hab` da noch eine Frage."

„Ja?" fragte Bo-lin-ba.

„Ja, wir haben gar nicht mit dem Old Faithfull gesprochen. Ich wollte ihm doch noch ein paar Fragen stellen."

„Dann frage, Johannes, ein paar Minuten gebe ich dir."

„Wunderbar", antwortete Johannes. „Also, dann fange ich mal an. Ich grüße dich Old Faithfull, wie geht`s dir?"

Es dauerte einen Moment und dann kam die Stimme von Bo-lin-ba wieder, aber sie hörte sich dieses Mal etwas anders an.

„Ich versuche jetzt über Bo-lin-ba mit dir zu kommunizieren, mir geht es eigentlich ganz gut, Dankeschön."

Johannes erklärte kurz Flora, was gesagt wurde. Dann fragte er wiederum. „Bist du damit einverstanden, wenn wir dir und dem ganzen Gebiet jetzt helfen?"

Die Antwort kam postwendend: „Und wie ich einverstanden bin, ich freue mich sehr darüber, es gibt so wenige Menschen, die bewusst etwas tun und auch bewusst Kontakt aufnehmen, denn ich bin ein lebendiges Wesen! Jeder Geysir ist ein lebendiges Wesen. Es gibt so viele Lebewesen auf Erden, die ihr gar nicht kennt oder nicht glaubt, dass sie welche sind."

„Verstehe", sagte Johannes. „Wir werden jetzt anfangen. Es ist jetzt September 2018 und es wird Zeit, oder?"

„Ja, es wird Zeit, aber wir werden es schaffen. Das glaub` ich ganz fest."

Johannes nickte. „Ich glaube es auch. Das Problem ist nur, jedenfalls manchmal, dass die Zeit gar nicht der Faktor ist, der problematisch ist, sondern eher die Menschen."

„Beides ist problematisch", sagte Old Faithfull.

„Kommen viele Menschen zu dir und beten dich an oder himmeln dich an?"

Der Geysir überlegte. „Mmh, anhimmeln ist vielleicht der falsche Ausdruck, obwohl das die Indianer früher gemacht haben, aber die Menschen haben Respekt vor mir, das ist auch gut so. Hätten sie keinen Respekt, dann würden sie sich anders benehmen."

„Interessant", meinte Johannes. „Gut, ich danke dir recht herzlich für die Auskünfte. Wir werden noch mal ein Gebet sprechen und dann fangen wir an. Ich verabschiede mich einstweilen von dir, und wir werden uns bestimmt bald wieder treffen."

„Ich danke dir, mein Freund", sagte Old Faithfull. „Gottes Segen für dich und alle deine Helfer auf Erden."

Dann verabschiedete er sich. Johannes hatte zwei Tränchen in den Augen, so gerührt war er. Flora schaute ihn an und er berichtete. Auch ihr standen jetzt einige Tränen in den Augen vor Freude und Rührung.

4. Kapitel – Die Erdheilung beginnt

„Es geht gleich los", sagte Bertelbart zu Old Smooth.

„Ja, ich weiß, ich bin ruhig, cool, wie man sagt in Amerika."

„Ja, Johannes hat den ersten Bauplan fertig für die Erdheilungsenergetisierungsstäbe", meinte Bertelbart.

„Eine lange Wort, kann man nicht kurz machen?"

„Es wurde so von der geistigen Welt durchgegeben", antwortete Bertelbart.

„O.K., ich dann nehme an", sagte Old Smooth.

Er hatte in einem Holzwerk 27 Stäbe bekommen. Sie waren etwa 3 cm im Durchmesser und auf seinen Wunsch hin vorne angespitzt worden. Auf die Frage, wozu er sie denn brauchen würde, hat er einmal gelächelt, hat zwei fehlende Zähne gezeigt und gesagt, dass er sie brauche, um weiteren Zahnverlust zu vermeiden. Die Holzarbeiter haben herzlich gelacht und ihm dann die Stäbe in die Hand gedrückt. Als er dann nach dem Preis fragte, sagten sie ihm etwas von 10 Dollar, und er hat nur gelächelt und freudig bezahlt, denn für diese Sonderanfertigung war es wirklich sehr, sehr günstig.

„Wie wir kriegen in Erde?" fragte Old Smooth den kleinen Zwerg Bertelbart, der 80 cm groß ist.

„Ich glaube, wir müssen Löcher vorbohren, jetzt hätte ich auch schon fast Locher gesagt, weil ich dir andauernd zuhöre", dachte Bertelbart und musste schmunzeln.

„Wir kriegen ihn rein, keine Problem, wir sind stark, aus Vollholz."

Dann testete er mit einem sehr langen Nagel, der sehr stabil war, und holte seinen großen Hammer heraus.

„Das sein starkes Hammer, ich mache damit rein in Erde."

„Erst bohrst du doch ein Loch?" fragte Bertelbart.

„Ja, gut. Johannes soll sagen, wo ich soll dann machen."

Und so geschah es dann auch. Johannes hat sich eine große Karte vom Yellowstone Nationalpark besorgt. Er hatte sie im Internet gefunden und war dann mit dem Finger über den Monitor gegangen und immer dort, wo es so ganz sanft im Finger piekte, wusste er, dass dort wieder ein Erdheilungsenergetisierungsstab in die Erde gesteckt werden sollte. Johannes wusste, dass es mindestens 2 Tage dauern würde, weil Old Smooth ja hinreisen sollte. Doch dann erfuhr er, dass sein Freund, John Palmer, auf dem Weg war und dass sie sich die Strecke teilen konnten. Zuerst trafen sie sich am Old Faithfull, was ein großes freudiges Treffen war und danach beschlossen sie, dass jeder die Hälfte der Stäbe nimmt und da John auch mit Bertelbart Kontakt aufnehmen konnte, brauchte er auch kein Handy oder anderes Hilfsmittel. Sie hatten sich vorgenommen, innerhalb von 24 Stunden alle Erdheilungsenergetisierungsstäbe zu setzen. Es gab keine Komplikationen und am Abend des nächsten Tages waren alle 27 Stäbe in der Erde.

Bertelbart fragte Johannes: „Was sagt Bo-lin-ba dazu? Frag ihn mal."

Das ließ sich Johannes nicht zweimal sagen. Innerhalb kürzester Zeit kontaktierte er den Wächter des Yellowstone Gebietes.

„Wir sind hoch erfreut, wir sind sehr glücklich", sagte er. „Ihr habt einen großen Dienst geleistet, aber ich muss sagen, die anderen Vulkane müssen auch bestückt werden, dann können wir einen Gesamtkreis um die ganze Welt schließen. Und dann ist ein dauerhafter Schutz möglich bzw. dann kann ein Ausbruch schnell energetisch eingedämmt werden."

„Und wie stellst du dir das so schnell vor?" fragte Johannes. „So leicht geht das nicht, wenn ich daran denke, wie viele Vulkane es weltweit gibt, die aktiv sind."

„Das ist richtig, mein Freund, aber du machst es mit verschiedenen Karten der Welt."

„Gut, aber dafür musst du mir schon einen Tag Zeit lassen, weil ich das erst raussuchen muss und dann energetisieren, das dauert schon."

Johannes schluckte. Das war Arbeit!

„Du hast 24 Stunden Zeit, kein Problem", kam die Antwort.

„Gut", meinte Johannes, „dann melde ich mich wieder, sobald es soweit ist."

„Ich dir drücke beide Daumen, aber nicht zu fest, sonst hast du Schmerzen, ha, ha, ha, ha.", sagte der Indianer

„Oh, Mann, der versteht Humor", meinte Johannes.

Eine Stunde später hatte sich Johannes die wichtigsten Vulkane herausgesucht, die momentan am „spucken" waren bzw. am rumoren. Er überlegte sehr intensiv, wie er denn dort Menschen kontaktieren könnte, die vor Ort Erdheilungsenergetisierungsstäbe in die Erde bringen könnten. Da bekam er plötzlich Besuch.

„Johannes, Johannes", meldete sich Hutzlibub. „Wir haben Besuch, hohen Besuch!"

Hohen Besuch? „Wer ist denn da?" fragte Johannes, der ganz vertieft war.

„Wirst schon sehen."

Johannes drehte sich um, und da stand Pan.

„Oh Pan, mein Freund", sagte Johannes. „Welche Freude, dich wieder zu sehen, wir haben uns ja schon lange nicht mehr gesehen."

„Ich grüße dich auch", sagte Pan. „Ich bin hoch erfreut, dir wieder einmal helfen zu dürfen."

„Es ist jetzt wieder einige Zeit ins Land gegangen, dass wir zusammengearbeitet haben."

„Na ja, Zeit und Raum sind ja relativ, aber es ist doch schon eine relative Zeit gewesen." Daraufhin musste Pan lachen, weil er zweimal das Wort relativ in einem Satz benutzt hatte. „Klingt fast wie bei Albert Einstein", meinte Johannes und musste auch schmunzeln.

„Aber wir reden hier nicht über die Relativitätstheorie. Wir haben jetzt ein anderes Problem. Wie können wir das machen vor Ort?"

„Und wenn du das machst, Pan? Du kannst doch überall auch hinreisen und die Erdheilungsenergetisierungsstäbe verteilen."

„Wir machen`s über das morphogenetische Feld, mein Freund", sagte Pan. „Ich habe mit der geistigen Welt gesprochen, es ist erlaubt, du brauchst also nicht Menschen vor Ort schicken. Im Yellowstone Gebiet war es wichtig, aber es muss nicht überall sein."

„Meinst du wirklich?" fragte Johannes.

„Ja, ich meine. Und wie sollen wir das machen?"

„Du hast dir doch eine große Weltkarte von der Erde besorgt. Sie ist zwar nicht sehr genau, aber für unser Vorhaben sollte es reichen."

„Ja", antwortete Johannes.

„Und du hast dir doch Nadeln besorgt, so Stecknadeln mit so einem großen farbigen Kopf. Die werden programmiert und zwar 90 Stück für die Welt, wie gesagt, die setzen wir jetzt überall dort auf die Weltkarte, wo es sein soll."

„Und du meinst das reicht?" fragte Johannes.

„Lass mich mal machen", antwortete Pan. „Wir werden das schon hinbekommen."

„Gut, bin gespannt", meinte Johannes „und wann, Pan?"

„Ja, ich würde sagen, wir treffen uns so in zwei, drei Stunden. Ich melde mich dann wieder bei dir. Bis dahin solltest du alles vorbereiten, und dann fangen wir an. Ist das ein Wort?"

„Klar, super! Ich werde Flora Bescheid sagen, und dann machen wir das. Wen bringst du denn mit, Pan?"

„Och, lass dich überraschen. Ich hab` da noch so ein paar nette Leute in petto, die dir gerne etwas Gutes tun möchten und die dich auch mal persönlich kennen lernen möchten…"

„Aus dem Jenseits oder aus der Naturwesenwelt?"

„Sei nicht so neugierig", flüsterte Pan, lächelte und schon war er verschwunden.

5. Kapitel – Weltweite Vulkanaktivitäten

Johannes lief die Treppe rauf und runter. Er holte alles in Rekordzeit. Flora schaute ihn an. „Wie lang brauchst du denn noch für die Vorarbeiten?"

„Ich bin gleich soweit, Schatzi", sagte er. „Du weißt doch, Pan kommt nachher, da muss alles fertig sein."

„Ja, du musst zwischendurch mal was trinken, du hast mindestens schon wieder 1 Stunde nichts getrunken", sagte Flora etwas besorgt.

„Ja, ich weiß, mein Schatz."

Sie gab ihm ein Glas mit Wasser, und er trank es sofort aus.

„Langsam, einspeicheln, nicht so schnell", meinte sie.

„Ja, mir pressiert es jetzt, du weißt doch..." meinte Johannes.

„Trotzdem, langsam trinken."

Er schaute sie an, sie war so lieb und so süß! „O.K., gib mir noch ein Glas Wasser."

Sie schenkte ihm ein zweites Glas Wasser ein, und er trank es ganz langsam und speichelte jeden Schluck ein.

„So ist es richtig", meinte sie. „Und jetzt bist du gestärkt und kannst wieder weiterarbeiten."

Er lächelte und schon war er die Treppe hinaufgelaufen. Oben hatte er alles vorbereitet. Zum Glück war dort ein großer Flur, und die Erdkarte, besser gesagt die Weltkarte, hatte er auf drei große Styroporplatten befestigt. Jetzt segnete er alle Stecknadeln in GOTTVATERS Namen. Es gab welche mit roten Köpfen, mit blauen, mit grünen und gelben. Er zählte sie durch.

„Oh, 30 Stück gelbe, wunderbar. Die nehmen wir für das Gebiet des Yellowstone, den Rest verteilen wir auf die Erde", dachte er so. In seinem Kopf meldete sich eine Stimme:

„Johannes!"

„Ja, Hutzlibub, was ist denn?"

„Du, wir brauchen doch mehr als 90."

„Wieso?" fragte Johannes.

„Ja, 90 Stück waren eigentlich gemeint, wenn man Erdheilungsenergetisierungsstäbe in die Erde tut, weißt du, aber wir machen jetzt aber überall in der ganzen Welt welche. Wie viele hast du denn von den Stecknadeln?"

„So 200 ungefähr."

„Super, ich bin gleich wieder da, ich spreche kurz mit Pan. Tschüss".

„Ja, bis gleich." Johannes nickte ihm zu.

Einige Minuten später meldete sich Hutzlibub wieder.

„Johannes?"

„Ja, Hutzlibub."

„Hast du schon alle aufgeladen?" fragte das Wichtelmännchen.

„Nein, ich bin gerade noch beim Sortieren."

„Du brauchst nicht sortieren, es ist egal, welche Farbe. Lade sie alle mit der gleichen Energie auf."

„O.K., sie bekommen alle die Erdheilungsenergetisierungsstäbe Energie."

„Ja, super, dann bis gleich, tschüss."

Johannes musste schmunzeln. Hutzlibub war ein liebes Kerlchen, aber manchmal fragt er einem Löcher in den Bauch.

„Das habe ich gehört", sagte Hutzlibub.

Johannes musste jetzt lächeln.

„Ja, ist schon gut. Lieber Löcher in den Bauch fragen, als Löcher in den Bauch fressen, oder?"

Jetzt lachte Hutzlibub über seinen Witz.

„Das war wieder typisch. Er konnte so richtig nett formulieren. Von wem er das wohl hatte?" dachte Johannes.

„Von dir", kam da.

Johannes musste ihn doch wirklich mal unter vier Augen ernsthaft sprechen...

Zehn Minuten später hatte er alle Nadeln aufgeladen, und das ging wie folgt: Er hatte sie in die Hand genommen und seine rechte Hand darübergelegt und sich innig mit GOTTVATER im Gebet verbunden und dann darum gebeten, dass alle negativen Schwingungen und alles, was belastend an diesen Nadeln war, jetzt gelöscht werden dürfte und dass sie mit der reinsten göttlichen Heilessenz, die GOTTVATER erlaubt, als Erdheilungsenergetisierungsstäbe aufgeladen werden würden. Das hatte einige Minuten gedauert, und dann spürte Johannes, wie die Nadeln in seinen Händen kribbelten. Es kribbelte immer mehr und dann legte er dieses Päckchen mit den Nadeln vor sich hin und hielt noch die Hände darüber. Es war wunderbar warm, es kribbelte und es hatte eine ganz starke heilende Essenz. Flora, die gerade die Treppe heraufkam, schaute ihn an, wie er im Schneidersitz dort saß.

„Was hast du denn gemacht?"

„Komm bitte mal her und teste selber", sagte er zu ihr. Sie hielt ihre Hände darüber und sagte: „Uih, das kribbelt aber ganz schön, was ist das für eine Energie?"

„Das sind jetzt Erdheilungsenergetisierungsstäbe."

„Klasse!" sagte Flora, „und was machst du damit?"

„Sie werden an bestimmten Stellen hier auf der Karte hineingesteckt."

„Ach ja, das hast du ja vorhin angedeutet. Und dabei hilft dir Pan?"

„Ja, und da kommt noch jemand zu Besuch, Überraschung."

„Wer ist es denn?" fragte sie.

„Keine Ahnung", sagte Johannes. „Ich weiß es nicht."

Plötzlich hörte er hinter sich ein sausendes Geräusch!

Johannes drehte sich um. Was war denn das?

Ein Windzug kam zu ihm, Pan war da.

„So, da bin ich wieder", meinte Pan.

Johannes lächelte ihn an.

„Pan ist da", sagte er zu Flora.

„Hab ich mir schon fast gedacht", meinte sie.

„Ich grüße dich auch, Flora Bella."

Flora lächelte in seine Richtung.

„Er hat dich gegrüßt", sagte Johannes lächelnd.

„Das habe ich gemerkt", sagte sie. „Ich bin ja nicht aus Dummsdorf, oder?"

„Hat ja auch keiner gesagt."

Sie lächelte. „War ja nur so eine Redewendung."

„Schau, wer neben mir steht", sagte Pan zu Johannes.

Johannes konzentrierte sich, konnte aber nichts sehen.

„Wer ist es denn, ich sehe nichts."

„Du musst deine Schwingung anpassen, in eine andere höhere Energie gehen, dann siehst du es."

Johannes konzentrierte sich. Er konnte immer noch nichts sehen. Leise flüsterte er: „Jesus Christus ist Sieger, Jesus Christus ist Sieger, Jesus Christus ist Sieger. Amen, Amen, Amen." Plötzlich konnte er die Gestalt in Umrissen wahrnehmen.

Es war ein ganz großer Engel!

„Siehst du, wer da ist?" fragte Pan.

„Das ist Ur-Erzengel Michael!"

„Ja, es ist Ur-Erzengel Michael, und er hilft uns dabei."

Pan lächelte jetzt.

„Ah, wow, deshalb ist hier so hohe Energie!"

Flora schaute ihn nur an und sagte: „Papa…" und war den Tränen nahe.

Michael ging auf sie zu und nahm sie in den Arm. Sie spürte seine Wärme. Flora hatte fast das Gefühl, als wenn ihr das Herz stehen blieb.

Michael meldete sich und sagte: „Wir werden jetzt dieses Erdheilungsprojekt so weit vorbereiten, dass alles, aber auch alles, was notwendig ist, geschehen darf im Einklang mit dem Willen und zur Freude des VATERS, Amen."

Dann war er wieder verschwunden…

Flora und Johannes waren noch ganz außer sich vor Freude, und sie konnten noch gar nicht richtig fassen, was da eben passiert war.

Pan lächelte und sagte: "Ja, mir geht es ähnlich, wenn er da ist. Wir haben die Erlaubnis von ganz oben, jetzt zu helfen."

Innerhalb einer Stunde wurden die zweihundert Erdheilungsenergetisierungsstäbe auf der Karte verteilt. Nicht nur dort, wo die großen Vulkane waren, die immer wieder ausbrachen, sondern an allen relevanten Punkten.

„Sag mal Pan", meinte Johannes, „der Merapi, der ist doch damals ausgebrochen und der Kirischima in Japan und noch ein paar andere, die so ganz wichtig sind, soll man denen nicht extra Energie geben?"

„Das brauchst du nicht", meinte Pan. „Es ist alles richtig, so wie es ist, denn wenn wir einen Stab falsch gesetzt hätten, dann hätten wir Probleme bekommen, aber wir haben bei jedem Stab einen Punkt getroffen, der energetisch wichtig ist."

„Und warum hat Deutschland so viele bekommen?"

Johannes bohrte nach.

„Ja, weißt du, Deutschland muss besonders geschützt werden, es gibt hier einige Vulkangebiete und wenn die ausbrechen gibt es viele Probleme."

Johannes schluckte. In der Tat, er hatte so etwas schon gehört. Wenn diese Vulkane explodieren, dann ist ruck zuck große Gefahr in vielen Gegenden.

„Meinst du eigentlich Pan, dass man hinter der Alb oder unterhalb der Alb geschützt ist, auch wenn ein Vulkan hochgeht?"

„Ja, ist man in der Regel. Die Grenze ist die Alb", sagte Pan.

„Jetzt haben wir die Erdheilungsenergetisierungsstäbe gesteckt und als nächstes werden wir ein Gebet sprechen und um den Segen des VATERS bitten."

Johannes erklärte Flora kurz, was geschehen war und sie nickte.

„Sollen wir uns hier hinsetzen oder lieber unten beten?"

„Ich weiß, es gefällt dir nicht, weil es hier etwas kühler ist als unten, aber wir sollten es hier machen", sagte Pan. Johannes nickte. „Kommt das ganze Gebilde später woanders hin?"

„Ja, es wird an einen anderen Ort transportiert werden. Und dieser Ort ist ganz wichtig, denn er hat immer eine gleichbleibende Temperatur, er zieht keine Feuchtigkeit an, das ist auch ganz wichtig, und er ist absolut geschützt."

„Ist unser Haus nicht absolut geschützt?", fragte Flora, nachdem sie Pans Äußerung erfahren hatte.

„Doch das schon, aber ihr habt nicht gleichbleibende Temperaturen."

„Das stimmt, im Winter ist es hier kälter als im Sommer."

Flora lächelte.

„Gut erkannt", sagte Johannes und musste auch lächeln. Dann brach auch Pan ins Lachen aus und Hutzlibub und Adalbert gesellten sich dazu, und die beiden Menschen mussten sich hinterher richtig den Bauch halten, weil sie schon lange nicht mehr so ausgiebig und so intensiv gelacht hatten.

Aber Lachen bringt Freude, und Lachen heilt. Deshalb ist es ganz wichtig, dass man viel lacht.

6. Kapitel – Es spitzt sich zu

Am nächsten Morgen wurden Flora und Johannes sehr früh geweckt.

„Hallo, ihr Beiden!"

„Oh, Hutzlibub, lass uns schlafen, ist doch noch nicht so spät."

„Es ist schon 7 Uhr, ihr müsst aufstehen!"

„Hutzlibub, wir waren erst um halb zwei im Bett, das weißt du doch. Wir haben doch noch so lange gearbeitet."

„Ja, aber ihr müsst trotzdem aufstehen, das ist ganz wichtig!"

„Muss das sein?" fragte Johannes noch einmal.

„Ja, das muss sein!"

"Warum denn?" Johannes bohrte nach.

„Es ist wichtig", sagte Hutzlibub.

Johannes drehte sich um und schaute auf die Uhr. 6 Uhr 58, nicht mal 7 Uhr.

„Wir wollten um 8 Uhr aufstehen, nicht um 7..."

„Das ist aber wichtig. Außerdem kann Flora noch liegen bleiben. Du musst nur aufstehen."

„Na gut", sagte Johannes, „wenn es sein muss."

10 Minuten später war er gewaschen und angezogen. „Was gibt`s denn so Dringendes, Hutzlibub?"

„Pan wartet unten."

„Das hättest du doch eher sagen können…" Johannes grummelte etwas.

„Ja, hab ich aber nicht, jetzt weißt du es ja."

Johannes ging ins Esszimmer und schaute und sah niemanden. „Pan, Pan, wo bist du?"

„Ich bin hier", sagte er lächelnd.

„Was gibt`s denn so Dringendes, das du uns so früh geweckt hast?"

„Das Problem ist, dass ein paar Vulkane am stärkeren rumoren sind, es dauert nicht mehr lange, d.h. wir sollen alles aktivieren! Deshalb ist es jetzt wichtig, dass du auf bist."

„Gut", sagte Johannes, „sehr gut. Was sollen wir tun?"

„Wir verbinden uns wieder mit Bo-lin-ba, dem Wächter des Yellowstone-Gebietes und dann kontaktiere wieder deinen indianischen Freund. Jetzt hätte ich fast italienisch gesagt.", sagte Pan und musste schmunzeln, weil er als Nächstes über einen Italiener reden wollte.

„Welchen meinst du denn? Wen soll ich kontaktieren?"

„Wa-ta-wa-ne."

„Ach so, ja den, ja mache ich. Und was war mit dem Italiener?"

Pan musste schmunzeln, Johannes hat es also mitbekommen. „Ja, als nächstes möchte ich dich mit einem Italiener bekannt machen."

„Wer ist es denn?"

„Er heißt Luigi."

Johannes blickte interessiert drein. „Luigi – aha, interessant!" sagte Johannes, „was ist denn mit Luigi?"

„Luigi ist ein Forscher auf dem Gebiet der Vulkantätigkeit. Ich habe ihn letztens gefragt, wie es mit dem Ätna, dem Vesuv und dem Strombolibecken aussieht."

„Ja und, sind sie auch in Gefahr?"

„Sie brauchen auch dringend Erdheilungsenergetisierungsstäbe, und die wird Luigi anbringen. Du musst sie nur aufladen."

„Das kann ich schon machen", sagte Johannes. „Wann denn?"

„Am besten gleich."

„Aha, das heißt, Luigi wartet vor Ort, sozusagen."

„So ist es!"

Johannes ging in die Meditation, verband sich mit den 10 Erdheilungsenergetisierungsstäben, bat GOTTVATER um

Energie, um Erlaubnis und lud sie mit der passenden Energie auf.

„Erledigt", meinte Johannes dann.

„Wunderbar! Luigi wird sie mit seinen Freunden an der richtigen Stelle platzieren."

„Müssen wir denn nicht noch zu den Maren und anderen Vulkanen in Deutschland?" fragte Johannes.

„Ja, mein Freund", sagte Pan, „das wollte ich dir als Nächstes auftragen. Bei jedem Mar reichen zwei Stück, mehr nicht, zwei Stück!"

„Es sind ja genug Mare in der Eifel, und wer soll das machen?"

„Eure langjährige Freundin Annette."

„Ach ja, genau."

Vom Bergischen Land bis in die Eifel war es nicht sonderlich weit.

Zwischenzeitlich war Flora Bella auch aufgestanden und kam halb verschlafen ins Esszimmer.

„Pan ist da", sagte Johannes zu Flora.

„Ich habe es schon gemerkt." sagte sie und gähnte noch ein bisschen. „Grüß dich, Pan!"

„Ich grüße dich auch Flora", antwortete Pan.

Johannes füllte ihr ein Glas lauwarmes Wasser ein, denn sie mochte am frühen Morgen nichts Kaltes trinken. Nachdem sie es langsam leergetrunken hatte, setzten sie sich zum Gebet hin. Sie legten die Hände aneinander und Johannes begann zu beten: **„Geliebter VATER, wir bitten Dich jetzt, dass die Erdheilungsenergetisierungsstäbe, die wir jetzt symbolisch in die Erdkarte gesteckt haben, jetzt ein gesamtes Netz über die Erde bilden und so verhindern, dass zu große Vulkanausbrüche, Erdbeben und andere negativen Dinge passieren können, die du nicht erlaubst, dass nur das passiert, was du möchtest, denn dein Wille geschieht jetzt. Amen, Amen, Amen."**

„Amen, Amen, Amen", erklang es auch von Flora und von Pan.

Plötzlich wurde es warm im Raum. Johannes schaute in Richtung Ofen, doch der war noch nicht entzündet.

„Wo kommt die Wärme her?" fragte er Pan.

„Das sind die vielen Engel-Energien, die jetzt bei uns beim Gebet dabei waren und jetzt aktiv werden", meinte Pan.

Johannes nickte. „Wunderbar", dachte er, „wie schön!" Und im Geiste sagte er nach oben: „Danke, danke, danke, geliebter VATER. Wir wissen, dass nur Dein Wille geschieht, und trotzdem bedanken wir uns ganz intensiv. Danke, danke, danke."

Und danach durchfuhr ihn eine wohlig warme Wärme, als wäre es draußen 30 Grad.

Auch Flora sagte auf einmal: „Ist das warm hier, wunderbar!"

Nach 30 Minuten rief er bei Annette an. Sie war eine gemeinsame Freundin aus alten Tagen und sie wohnte im Bergischen Land, und Annette war sicherlich bereit, in die Eifel zu fahren. Zwei Minuten später hatte Johannes sie erreicht.

„Grüß dich", sagte er zu ihr. „Hast du Lust, einen Abenteuerurlaub zu machen, der nur 1 Tag dauert?"

Annette war ganz Ohr. „Wo soll`s denn hingehen?" fragte sie.

„In die Eifel, zu den Maren."

Sie nickte hörbar.

„O.K., du machst jetzt Folgendes: Du gehst jetzt in den nächsten Asia-Shop und kaufst dir Sushistäbe."

„Sushistäbe?" fragte sie.

„Ja, frag nicht, kauf dir Sushistäbe und alles Weitere sage ich dir dann."

„O.K.", sagte Annette, „sobald ich sie habe, melde ich mich bei dir."

„Gut, beeil dich aber, es ist äußerst wichtig!"

„Ja, bis später."

Eine Stunde später meldete sich Annette bei ihm.

„Ich habe zwanzig Sushistäbe. Reicht das?"

„Das muss reichen", antwortete Johannes.

„Was hast du denn damit vor?" fragte sie neugierig.

„Du besorgst dir jetzt einen guten Anspitzer und spitzt die Stäbe vorne an."

„Anspitzen?"

„Ja", sagte Johannes, „nicht überlegen, einfach machen, du kennst mich ja. Es ist wirklich wichtig!"

„Gut, ich probier`s!"

Dann hörte er, wie sie einen Anspitzer in der Hand hatte und anfing, die Sushistäbe anzuspitzen. Zum Glück waren sie aus Bambusholz und deshalb leicht anzuspitzen.

„Klappt es?" fragte Johannes.

„Annette hatte ihre Freisprechanlage an und so die Hände frei. „Na ja, einigermaßen", sagte sie. „Müssen sie ganz perfekt spitz sein?"

„Nein, du sollst sie hinterher in die Erde stecken, also sie sollten etwas spitz sein."

„Gut, dafür reicht es", sagte Annette.

Während des Gesprächs hatte sie alle zwanzig Stäbe angespitzt.

„Und wo soll ich jetzt hin?"

Johannes lächelte und sagte langsam: „Du kannst uns einen großen Gefallen tun und zu den Maren fahren, in die Eifel. Wenn du möchtest, kann ich dir auch Spritgeld geben."

„Ist nicht nötig", sagte Annette, „mach` ich doch gern für dich und für unsere geliebte Erde, ist doch was ganz Besonderes, wenn ich das machen darf", sagte sie.

„Das ist aber lieb von dir."

„Na klar. Ich hab` heut` sowieso Zeit. Ist doch Sonntag. Klappt gut!"

Johannes überlegte. Er hatte gar nicht mitbekommen, dass heute Sonntag war. Die letzten Tage waren so turbulent gewesen.

„Gut", sagte er. „Dann sage ich dir noch, wo du hinfahren musst."

Dann erklärte er ihr, wo die Mare sind und an welchen Orten sie liegen. Sie musste dann die 90 km lange Strecke mit dem Auto fahren. „Wann soll ich denn die Erdheilungsenergetisierungsstäbe in die Erde tun?"

„Weißt du, wir machen jetzt noch einen Platz aus, wo du sie hinlegst. Dann kann ich sie energetisch aufladen, dann kannst du losfahren."

„Kann ich meine Kinder mitnehmen?" fragte Annette.

„Ja, klar, kein Problem!"

Annette hatte einen selbst gebauten Altar, und dorthin legte sie die zwanzig angespitzten Sushistäbe hin. Johannes konzentrierte sich jetzt auf die Stäbe und betete: **„Geliebter VATER, ich bitte Dich jetzt, dass diese Sushistäbe mit Deiner Heilkraft aufgeladen werden, so dass sie als Erdheilungsenergetisierstäbe funktionieren können und das nur positive Energie in sie hineinfließt und alles Negative, was dran oder drin war, entstört wird und dass sie aufgeladen werden mit Deiner Heilkraft. Amen. Amen. Amen. Gelobt sei Jesus Christus in Ewigkeit, Amen. Amen. Amen. Dein Wille geschieht jetzt, geliebter VATER, Amen, Amen, Amen."**

Annette hielt ihre Hände über die Sushistäbe und sagte: „Boah, was ist das denn"? fragte sie, „die kribbeln ja, die sind ja fast so stark wie dein Orgonstrahler."

„Ja, aber nur fast", sagte Johannes und lächelte.

„Ja, sie sind sehr stark, aber sie haben eine andere Energie, sie sind als Erdheilungsenergetisierungsstäbe aufgeladen."

„Ich weiß doch, war doch nur ein Spaß. Späßchen muss sein", sagte Annette.

„Genau."

Annette meinte dann: „Also, ich fahre jetzt los, und ich habe das Handy dabei, und wenn irgendetwas ist oder Probleme auftauchen, melde ich mich, ja?"

„Danke dir, bis später. Tschüss!", sagte Johannes.

Dann legte er auf. Pan schaute ihn an.

„Das hast du wunderbar gemacht. Ich bin ganz stolz auf dich!"

„Wieso?" fragte Johannes, „das hätten andere doch auch gemacht."

„Gemacht vielleicht, aber nicht unbedingt gekonnt. Du hast ja die Aufgabe, es zu tun."

„Na gut", sagte Johannes, „kann schon sein. Also Annette fährt da jetzt hin und macht das. Bin gespannt, was dabei rauskommt."

Eine Stunde verging, nichts geschah. Zwei Stunden vergingen, nichts geschah. Dann wurde Johannes langsam etwas ungeduldig.

„Hab Geduld.", sagte Pan, „hab Geduld. Rom ist auch nicht an einem Tag gebaut worden."

„Das stimmt allerdings", sagte Johannes, „da hast du Recht".

Plötzlich klingelte das Telefon.

„Hi, ich bin`s.", klang die Stimme am anderen Ende.

„Und, Annette, hat alles geklappt?"

„Super, zweimal musste ich mit dem Schraubenzieher vorbohren, mit so einem langen, weißt du, den hatte ich dabei."

„Gute Idee", sagte Johannes.

„Dann habe ich so einen kleinen Hammer dabeigehabt, ging gut."

„Hat dich jemand beobachtet?" fragte Johannes.

„Nö, hab´ ich ganz geschickt gemacht, kennst mich doch", dabei lachte sie.

„Ja, super, fährst du jetzt wieder nach Hause, oder was machst du?"

„Nö, wir bleiben noch ein bisschen hier und genießen den Tag. Wir fahren erst heute Abend heim."

„Ich danke dir von Herzen, Annette".

„Gern geschehen, ich freu` mich doch, wenn ich für dich auch mal was tun kann. Du hast schon so viel Gutes für mich getan."

„Ja, gern geschehen. Kommt doch von Herzen, weißt du doch", sagte Johannes.

„Ich weiß, bei mir auch."

„Tschüss."

„Ja, tschüss – mach`s gut." Dann legte er auf. Wunderbar hatte es geklappt.

„Komm`, wir schauen mal auf der Karte, wie stark das jetzt schon zu spüren ist", sagte Pan.

„Meinst du?"

„Ja, klar."

Johannes holte den großen Atlas und legte ihn hin. Er blätterte und blätterte, bis er eine Karte fand, auf der die Eifel groß zu sehen war.

„Schau, hier sind die Mare", zeigte ihm Pan.

Johannes hielt die Hand drüber. „Das kribbelt ja, und wie!"

„Siehst du, und das ist ganz wichtig. Das ist eine ganz wichtige Aufgabe!"

Pan freute sich.

„Mmh, interessant…" Flora war gerade hereingekommen.

Johannes drehte sich um.

„Was findest du interessant?"

„Ja, was ihr da gerade macht", sagte sie.

„Hast du das alles mitbekommen?" fragte Johannes.

„Ihr habt ja laut und deutlich gesprochen, bzw. du hast laut und deutlich gesprochen, aber ich habe irgendwie gespürt, was Pan gesagt hat."

„Ah ja, O.K." Johannes musste lächeln. Seine Flora war doch die Allerliebste, die es nur gab. Sie lächelte ihn an. Er lächelte zurück.

„So, und nun geht es in der Erdheilung weiter", sagte Pan.

„Was kommt als Nächstes?" fragte Johannes.

„Als Nächstes sollten wir schauen, ob Luigi fertig wird mit den Vulkanen in Italien."

„Gut. Schauen wir mal, Pan. Was ist eigentlich mit der Schwäbischen Alb, die ist doch auch gefährdet als Erdbebengebiet, oder?" fragte Flora.

„Ja, das ist sie."

Flora hakte nach, nachdem Johannes die Antwort von Pan gesagt hatte.

„Und auch diese Gegend da bei Karlsruhe, da an der Grenze zu Frankreich, da doch auch, oder?"

Ein bisschen schon."

„Meinst du nicht, dass wir da auch was hinsetzen sollten? Reicht es geistig, oder muss man da persönlich hin?"

Pan schaute Flora interessiert an. „Ja, weißt du, ihr habt doch dort eine gute Bekannte wohnen, auf der Schwäbischen Alb, die Angelika."

„Ja, genau." Johannes nickte.

„Da ich ja schon auf ihrem Grundstück war und auch die Energie des Grundstücks gespürt hab und auch Erdheilung dort einmal gemacht habe, kann ich es doch auch von hier wieder machen, oder?"

Pan lächelte süffisant.

„Ich habe da ja schon etwas in die Erde gesetzt. Jetzt brauche ich doch bloß diese Information mit der bestimmten Frequenz zu aktivieren, oder?"

„Das müsste gehen, meinte Pan. Wir können es probieren."

„Gut. In Karlsruhe habe ich mal gewohnt, da habe ich auch schon gearbeitet. Das müsste doch dort auch gehen."

Johannes war Feuer und Flamme und voller Euphorie auf einmal!

„Wir probieren es.", sagte Pan.

Er stellte sich vor Johannes hin und verband sich energetisch mit ihm. Gemeinsam reisten sie in Gedankenkraft zu diesen beiden Orten. In Gedanken sagte Johannes: **„Ich energetisiere diesen Platz im Namen des VATERS, des Sohnes und des Heiligen Geistes JETZT mit der Heilkraft des VATERS als Energetisierungsort, dass sie dort verankert wird, soweit es der VATER erlaubt. Amen. Amen. Amen."**

Plötzlich spürte Johannes, wie eine große Energie aus seinen Händen in die Erde floss. Das gleiche Procedere wurde auf dem Platz in der Nähe von Karlsruhe vollzogen. Dann konzentrierte er sich auf die Externsteine in der Nähe von Detmold und auf viele andere Plätze innerhalb von

Deutschlands, wo er schon überall gewesen war. An diesen Orten ließ er diese Erdheilungsenergie hineinfließen. Drei Stunden später waren die Beiden fertig.

Pan lächelte ihn an. „Johannes, das hast du wunderbar gemacht, jetzt brauchst du aber dringend eine Pause. Du hast jetzt einige Stunden kein Wasser getrunken."

„Stimmt", antwortete Johannes, „Ich bin durstig und jetzt wird eine Pause gemacht."

Innerhalb einer Viertelstunde schaffte es Johannes, 1 Liter Wasser zu trinken, wobei er jeden Schluck einspeichelte. Es kostete ihn zwar große Überwindung, aber es war ganz wichtig.

Jetzt war er sehr gestärkt und wollte gerade mit der nächsten Arbeit beginnen, als das Telefon klingelte. Es war sein Freund Andy und er teilte ihm mit, dass etwas Ungewöhnliches im Internet gestanden hätte. Zwei Vulkane, die eigentlich ausbrechen sollten, haben ihre Aktivität zurückgezogen. Johannes musste lächeln. Er konnte eigentlich schlecht am Telefon sagen, wieso und weshalb.

„Dankeschön", sagte er und legte auf. „Siehst du, Pan, die ersten Erfolge sind da. Wir schauen mal, wie es weitergeht."

7. Kapitel – Das richtige Atmen erlernen

Am nächsten Tag wurden Johannes und Flora wieder von Hutzlibub geweckt.

„Hallo, aufstehen, es ist gleich sieben Uhr!"

„Hutzlibub, wir waren doch erst wieder kurz nach 1 Uhr heute Nacht im Bett. Lass uns doch noch ein bisschen schlafen, " sagte Johannes.

„Nein, geht nicht. Pan ist wieder da."

„OK, ich steh` auf", sagte Johannes.

Fünfzehn Minuten später war er unten im Esszimmer.

„Guten Morgen, Pan, was ist denn, was gibt`s denn?"

Pan lächelte. „Bist du noch müde?"

Na ja, sagen wir so, wir haben noch ungefähr bis zwei Uhr geredet, bis wir endlich eingeschlafen sind und dann wieder um sieben aufstehen – ist schon knapp."

„Ja, aber es gibt etwas Wichtiges!"

„Was haben wir denn – die Kette funktioniert, Luigi hat auch jetzt die Erdheilungsenergetisierungsstäbe in Italien verankert. Es ist alles wunder- wunderbar!"

„Und jetzt sollst du den Menschen beibringen, wie man richtig atmet.", sagte Pan.

„Wie man richtig atmet, atmen wir denn falsch?"

„Nein, das spirituelle Atmen vom VATER ist gemeint."

„Ach so, das meinst du. " sagte Johannes, „Jetzt weiß ich Bescheid."

„Gut."

„Meinst du, ich soll den Menschen einfach sagen, was der VATER mir gesagt hat?" fragte Johannes.

„Ich würde es so tun.", sagte Pan.

„OK, gut. Dann würde ich sagen, dass ich einfach das Vaterwort, was ich Seinerzeit bekommen habe, dass ich das einfach ins morphogenetische Feld noch mal sende und den Menschen sage."

„Mach es doch einfach und probiere es aus", meinte Pan.

„Der VATER sagte mir folgendes: Meine Kinder sind oft sehr folgsam und versuchen alles zu erfüllen, was ich ihnen an`s Herz lege. Deshalb ist es ein weiterer wichtiger Schritt auf dem Weg zur neuen Erde, dass ihr den Rhythmus der neuen Energie einatmet. Nach dem innigen Gebet mit mir öffnet ihr eure inneren Herzen und lasst Mein Licht und Meine Liebe hinaus in die Welt ausströmen. Jetzt atmet beim Ausströmen bewusst aus, und dann verbindet euch geistig mit meiner Energie und atmet langsam bewusst durch die

Nase ein. Danach strahlt beim Ausatmen wieder Meine Energie in die Welt hinaus. Am Anfang mag es vielleicht noch ungewöhnlich und schwierig für euch sein, aber mit der Zeit wird es euch in Fleisch und Blut übergehen, wie ihr auf der Erde sagt. Dadurch leistet ihr allen Lebewesen inklusive der Erde Gutes und euch ebenso. Wenn ihr Meine Energie bewusst einatmet, ist in euren Köpfen kein Platz mehr für Dinge, die außerhalb des Lichtes stehen. Und diese müssen dann weichen, keine Sucht, keine lästigen Angelegenheiten und auch keine Lüge kann sich dann mehr in euren Körpern halten. Lasst ihr alles Alte sofort los, geht der neue Werdungsprozess schnell vonstatten. Weigert sich aber das Ego, Unterbewusstsein oder Realbewusstsein, so finden Kämpfe im Körper statt, und je nach eurer Entscheidung werden sie entschieden, doch seid euch im Klaren, dass nur durch die neue Energie der Körper transformiert werden kann. Das Bad und die Atmung werden euch mit Siebenmeilenstiefeln vorwärtsbringen, wenn ihr es denn zulasst. Euer VATER und Lebensspender. Amen, Amen, Amen."

Johannes hatte es mit langsamer Stimme vorgetragen, und während er sprach, durchrieselte es ihn in sehr starkem Maße und er war ganz, ganz ehrfürchtig und freute sich sehr, dass er als Kanal für GOTTVATER dienen durfte.

Pan schaute ihn an und sagte: „Johannes, wir müssen die Menschen dahingehend aufklären, was sie brauchen für die neue Zeit. Wir haben jetzt ein Problem auf der Erde gelöst, das mit den Vulkanen. Aber das reicht noch nicht. Wir müssen die Menschen aufklären, was alles wichtig ist, was sie brauchen, um in die neue Schwingung zu kommen, die dann später auch in die neue Zeit übergeht."

„Das ist ganz wichtig, das stimmt.", sagte Johannes, „das ist ganz wichtig. Meinst du, ja, meinst du, wir sollten es in einem Buch fassen, in ein Buch schreiben, oder soll ich es einfach so ins morphogenetische Feld der Erde setzen?"

„Nein, du darfst ein weiteres Buch schreiben. Aber sei dir im Klaren, dass du es so schreiben solltest, dass die Leute es auch verstehen. Denn, wenn die Leute es nicht verstehen, oder du es nicht so erklärst, dass sie es verstehen, dann machen sie es nicht, denn sie haben ein riesengroßes Ego, und das, was ihr im Volksmund „innerer Schweinehund" nennt, das muss erst mal überwunden werden. Nur, wenn du es liebevoll erklärst und es ihnen immer wieder mehr oder weniger mundgerecht präsentierst, nur dann, dann sind sie erst oftmals in der Lage, es zu schaffen."

„Ja, es müsste doch reichen, wenn man ihnen sagt, wenn sie es nicht machen, dass sie nicht mitkommen."

„Mmh", meinte Pan, „leider nicht, mein Freund. So leicht ist es nicht. Du musst es ihnen nicht nur mundgerecht servieren, sondern ihnen auch immer wieder liebevoll sagen, wie wichtig es ist. Du darfst aber lernen, Ausdauer und sehr, sehr viel Nächstenliebe aufzubringen."

„Das habe ich doch."

„Das hast du, aber das musst du auch weiterbringen an die Menschen."

„Und du meinst, so ein Buch ist da wunderbar?"

„Natürlich, alles das, was wir jetzt gemacht haben, ist im morphogenetischen Feld gespeichert, und wir können es abrufen und du kannst es niederschreiben."

„Das weiß ich, das habe ich doch schon ein paar Mal gemacht", sagte Johannes.

„Ja, aber auch ich möchte es dir wieder einmal wärmstens an`s Herz legen", sagte Pan.

„Das ist aber lieb von dir, dass mach` ich doch gerne. Wie du so schön sagst, es kommt aus dem Herzen."

Beide mussten anfangen zu schmunzeln.

„Du Pan?"

„Ja, Johannes?"

„Vielleicht sollte ich mal ganz genau erklären, wie das mit dem Atmen geht."

„Gute Idee."

„Also, zuerst verbinde ich mich innig mit GOTTVATER, lege die Hände aneinander oder aufeinander, je nachdem, wie man es macht, und dann atme ich ganz tief ein. ...Dann halte ich für einen Augenblick die Luft an, und aus meinem geöffneten

Herzen heraus, sende ich diese Liebesenergie, die ich von GOTTVATER gerade eingeatmet habe und schicke sie hinaus in die Welt, ich sende die Liebesenergie, die Heilenergie, das Licht und die göttliche Gerechtigkeit von GOTTVATER hinaus in die Welt. Dann atme ich wieder ein …. Und wieder aus – wieder ein … und wieder aus ……. Das mache ich so 3 – 5, 6, 7, 8, 9 mal, wie ich möchte. Wenn ich das kontinuierlich mehrmals am Tag mache und mich auf die Heil- und Liebesenergie des VATERS konzentriere, dann sende ich damit ganz viel positive Energien in die Welt hinaus."

„So ist es.", sagte Pan, „Genauso, und sage den Menschen aber auch, dass die heilende Energie, die vom VATER kommt und die von seinen Kindern - das sind die Kinder, die seinen Wunsch und seinen Willen erfüllen, hinaus in die Welt gehen, auch in die Narben und in die Verletzungen von unserer geliebten Erde geschickt werden sollen. Denn unsere Erde ist über die vielen Jahrtausende immer wieder ausgebeutet worden, ausgenutzt worden, verletzt worden und ihr ist ganz übel mitgespielt worden. Ist das der richtige Ausdruck bei euch?"

„Ja, den kenne ich, den Ausdruck."

„Gut.", sagte Pan. „Dann weißt du, was ich meine."

„Ja, es sollte auch diese Energie vertieft und gesendet werden. Ja, so ist es. Warte, ich habe eine Idee. Ich hab` dazu ein Gebet aufgeschrieben, und das ist doch, glaub` ich sehr sinnvoll."

„Dann lass´ mal hören." sagte Pan.

„Ich sende aus meinem geöffneten Herzen voller Liebe, Inbrunst, Demut und Nächstenliebe das Licht, die Liebe und die Heilkraft des VATERS in alle Verletzungen und Narben von unserer geliebten Erde und trage damit zur Heilung bei. Amen. Dann habe ich noch eine Ergänzung, ein Gebet, das auch sehr schön ist. **Wir senden das Licht und diese Liebe des VATERS mit der Intension der göttlichen Gerechtigkeit, damit all das geschieht, was der VATER möchte. Wir senden den Segen des VATERS hinaus in die Welt, damit er überall dorthin fließt, wo der VATER es möchte. Amen. Amen. Amen."**

„Sehr schön, sehr schön.", sagte Pan, „Wunderbar!"

Flora, die gerade ins Zimmer hereinkam, hörte noch, wie Johannes die letzten Worte gesagt hatte und sagte: „Ach, unser Gebet - hast du es gerade Pan erklärt?"

„Ja, das habe ich.", sagte Johannes.

„Schön, das freut mich." sagte sie und lächelte in Pans Richtung.

Pan lächelte freundlich zurück. „Ich grüße dich, meine Liebe."

Johannes übersetzte simultan.

„Ich grüße dich auch, Pan. Komm` an mein Herz."

Sie stellte sich so hin und nahm Pan in die Arme. Pan ließ es sich nicht zweimal sagen und ließ sich drücken.

„Ich spüre etwas.", sagte Flora.

„Natürlich spürst du etwas.", erwiderte Pan. „Warum solltest du denn mich nicht spüren?"

Sie lächelte und auch Johannes lächelte.

„Und das mit dem Atmen, meinst du, das können wir den Menschen beibringen?" fragte Flora.

„Ich denke schon.", sagte Pan.

Glaub ich auch.", meinte Johannes.

„Man muss es ihnen nur immer wieder liebevoll sagen. Einmal reicht nicht, immer wieder und wieder, wie bei kleinen Kindern.", sagte Pan.

Johannes musste lächeln.

„Ja, da sagst du was, wie bei kleinen Kindern."

„Kommst du dir denn nicht oft wie ein Lehrer und gleichzeitig wie ein Vater oder Großvater vor, der die Kinder immer wieder belehrt?" fragte Pan.

„Na ja, manchmal schon..." Johannes musste lachen. „Doch, manchmal schon..."

8. Kapitel – Die Heilkraft der Bäume

Am nächsten Morgen ließ Hutzlibub Johannes und Flora ausschlafen. Sie wurden von alleine um 7. 45 Uhr wach.

„Guten Morgen, Schatzi."

„Ja.", sagte Flora.

„Schatzi, wie wär`s denn, wenn wir uns heute um die Bäume kümmern. Ich hab` da gerade so eine innere Eingebung gehabt."

„Gute Idee.", sagte Flora.

Schon war Hutzlibub zur Stelle. „Ah, ihr seid ja schon wach. Schön!"

„Hutzlibub, nicht so wild am frühen Morgen.", sagte Johannes.

„Papperlapapp, es ist nicht wild. Du weißt doch, wir brauchen nicht zu schlafen, wir müssen extra warten, bis ihr wach seid."

„Hutzlibub, ruhig. Lass uns erst einmal aufstehen, waschen und anziehen, und dann sehen wir weiter."

„Gut, in einer Viertelstunde unten. Tschüss."

Das war wieder typisch. Johannes musste schmunzeln.

„Was hat er gesagt?" fragte Flora.

Nachdem Johannes den Text in etwa wiedergegeben hatte, musste auch sie schmunzeln.

„Gut, dann stehen wir jetzt auf."

Etwa 15 Minuten später waren beide im Esszimmer, und dort saß ein gut gelaunter Hutzlibub mitten auf dem Tisch neben den Wasserkaraffen.

„Ich habe aber nicht davon getrunken, nein, nein, nein, nein, ich war nicht dabei."

„Das weiß ich doch", schmunzelte Johannes.

„Aber dass du den Käse gestern Abend rausgelegt hast, mmh und extra für uns gekauft hast – jam, jam, wie lecker, lecker, lecker, jam, jam, jam."

Man muss dazu sagen, dass Hutzlibub, Adalbert und Bertelbart Käsegeruch, vor allem stinkenden Käse, sehr gerne riechen, das ist das Größte für sie. Flora kauft regelmäßig Käse, den sie dann liegen lässt und ab und zu legt sie ihn dann raus über Nacht. Das duftet dann sehr „aromatisch", vorsichtig ausgedrückt, und die Naturwesen lieben es. Und Hutzlibub war immer noch ganz hin und weg davon.

„Was glaubst du", sagte er, „wenn du diesen Käse auf die Fensterbank gelegt hättest, mmh, du hättest Hunderte, Tausende von Zwergen und anderen Naturwesen angelockt."

„So, so", sagte Johannes. „Interessant, können wir ja mal experimentieren."

„Ne, ne, ne, ne, ne, das ist unser Käse." Hutzlibub empörte sich schelmenhaft.

„Ach, die anderen können auch schnüffeln, klar – sollen wir ihn rauslegen? Auf einmal?" sagte Johannes.

„Klaro, warum nicht.", meinte der Wichtel. Johannes erzählte alles Flora und sie nahm den Käse, ging zum Fenster und legte ihn auf die Fensterbank.

„Schaut her, die Ersten kommen.", rief der Wichtel.

Johannes sagte es Flora. Sie schaute raus.

„Ich sehe nichts."

„Hei, du musst auch mit dem geistigen Auge gucken, hihihi!"

Der Morgen hatte ja gut angefangen. Es rauschte und Pan war da.

"Oh, sei gegrüßt", sagte Johannes.

„Ich grüße euch auch, Gott zum Gruß." sagte Pan.

Hutzlibub sprang Pan auf die Schulter.

„Grüß dich, Pan, grüß dich."

„Ich grüße dich auch, Hutzlibub. Heute brauchtest du mal nicht Wecker spielen."

„Nein, heute nicht. Sie sind von alleine wach geworden. Heut` mussten sie auch nicht so früh aufstehen."

„Aber, wir waren wieder erst um 1 Uhr im Bett.", sagte Johannes.

„Hoffentlich wird das jetzt nicht jeden Tag so." sagte Flora von der Seite.

„Ja, im Moment ist alles ein bisschen schwierig, wir haben so viel zu tun mit Erdheilung. Ich habe abends E-Mails zu erledigen und dann…"

„Red dich nicht raus, wir werden demnächst zusehen, dass wir kurz nach zwölf ins Bett gehen, nicht immer erst um 1 Uhr." Flora war energisch geworden.

„Ja, hast ja recht.", sagte Johannes und lächelte.

Flora lächelte auch. „OK, wir werden ja sehen." und grinste.

„Die Heilkraft der Bäume, die werden wir heute als Thema nehmen.", sagte Pan.

„Die Heilkraft der Bäume - wunderbar.", sagte Johannes.

„Baumumarmung und so?" fragte Flora.

„Genau. Soll ich einen Baumhüter herholen?" fragte Pan.

„Das kannst du nicht!" Wer war das denn? „Das kannst du nicht!" Adalbert, seines Zeichens Zwerg, war ins Zimmer gekommen.

„Wieso kann ich das nicht?" fragte Pan.

„Grüß dich, Adalbert."

„Grüß dich, Pan."

„Wieso kann ich das nicht?"

„Die kommen nicht, die muss man schon channeln."

„Hm, wenn wir wollten, können wir das schon, aber das ist richtig, über die Wurzeln zu krabbeln, ist etwas schwierig, da ihr Asphalt vor dem Haus habt, ok."

Man muss dazu sagen, dass die Bäume bzw. die Baumwesen sich sehr schlecht von Ort zu Ort wegbewegen können, nur die Baumbeschützer können über die Wurzeln reisen, und es ist doch etwas sehr mühsam. Johannes verband sich mit dem Hüter des Grundstücks, einem riesengroßen Baum, der im Garten stand und der schon sehr alt war und rief ihn telepathisch: „Ich grüße dich, Hüter des Grundstücks, sei mir gegrüßt."

Eine Zeitlang geschah gar nichts. „Antworte bitte.", sagte Johannes noch einmal. Wieder keine Antwort. Pan mischte sich ein.

„Hüter des Grundstücks, melde dich bitte sofort. Hier ist dein „Chef", Pan."

Innerhalb von wenigen Sekunden kam die Antwort. „Entschuldigung, dass ich nicht sofort geantwortet habe, aber meine Säfte und Energien sind bei der Hitze zurückgefahren und es dauert immer ein bisschen."

„Entschuldigung akzeptiert", sagte Johannes.

„Von mir auch.", meinte Pan.

„Sag` mal, Hüter des Grundstücks, wollen wir eine Lösung für das Allgäu, für Deutschland und auch für die ganze Welt jetzt austüfteln, wie wir die Energie der Heilkraft der Bäume weltweit nutzen können?"

„Das können wir ja machen, aber es ist nicht so einfach mit mir alleine. Ich habe zwar die ganzen spirituellen Regenbögen als Hilfe, aber es ist trotzdem nicht ganz so einfach."

„Hm", meinte Johannes, „wie sollen wir es dann machen? Wir probieren es mal."

„Pan, meinst du, wir können die ganzen Bäume im Allgäu, um mal dort anzufangen, miteinander verknüpfen?"

„Das geht sicherlich", meinte Pan, „das dürfte nicht so schwierig sein. Zuerst einmal schauen wir mal, wo die Regenbögen hingehen innerhalb des Großraums Allgäus".

Pan konzentrierte sich und sagte: „34 Stück, nicht sehr viel, aber es wird schon reichen.

„Wow! 34 Stück sind im Allgäu", staunte Flora, „so viele!"

„Gut, wir haben jetzt fast Ende August und bei dieser Bullenhitze macht es kaum Spaß Regenbögen zu bauen."

„Hitze macht mir nichts aus, lasst uns beginnen," meinte Johannes.

Na dann sollten wir Süddeutschland zuerst mit Regenbögen beglücken, sag ich mal vorsichtig.", meinte Johannes.

„Beglücken ist ein guter Ausdruck.", sagte Pan. „Das hört sich gut an. Ja, ihr dürft!"

„Gut, dann werde ich natürlich unsere Freundin Sabine anrufen und sie aus dem Bett schmeißen."

„Nein, es ist noch keine 10 Uhr, da schläft sie noch", sagte Pan.

„Stimmt, hast du auch wieder Recht. Na gut, um 10 werden wir sie dann wecken und dann werden wir mal schauen und Regenbögen bauen."

In dem Moment klingelte das Telefon. Flora ging an den Apparat: „Ja, Hallo?"

Flora fing an zu lachen. „Was glaubt ihr, wer am Telefon ist?"

„Sabine!" sagte Johannes, „gib mal her."

„Er will dich sprechen.", sagte Flora. „Moment, ich gebe weiter."

Ein Lachen hörte man an der anderen Leitung.

„Was glaubst du, was wir heute tun dürfen? Jetzt gleich, keine Ausrede, Regenbögen bauen."

Sabine schluckte, „Wer sagt das?"

„Pan ist gerade hier."

„Oh, grüß ihn von mir."

„Danke, mach ich. Hutzlibub ist da und der Hüter des Grundstücks ist auch da."

„Au, da habt ihr ja volles Haus", sagte Sabine.

„Ja, das kann man so sagen. Wir bauen heute Regenbögen im ganzen Süden des Landes. Wie viele Pan?"

„Sagen wir 300.", sagte Pan.

Sabine hatte mitgehört. „OK, du sagst mir, wann, wie, wo, ok?", sagte Sabine.

„Wie viele Brücken über den Bodensee?"

Drei Stunden später waren in Süddeutschland 300 Regenbögen neu erschaffen worden, es wimmelte nur so von spirituellen Regenbögen, die Schwingung an diesem Tag war kaum messbar, so hoch war sie!

Johannes, Flora, Sabine und Pan und natürlich die Naturwesen waren sehr, sehr froh darüber! Wunderbar!

„Und wo bauen wir jetzt Regenbögen?" fragte Flora ganz sanft.

Da klingelte es am Telefon, Margarethe aus dem Spessart rief an.

„Johannes, ich hab` gerade so einen Impuls bekommen, dass bei euch was los ist, kann das sein?"

Johannes musste lachen. „Ja, ja, wir haben Regenbögen gebaut."

„Was heute, was heute habt ihr Regenbögen gebaut? Erzähl!

Sie war ganz aufgeregt. Johannes berichtete ihr.

„Der Spessart ist auch dabei. Wir waren fast bis Frankfurt. Der weitere Rest von Deutschland wird auch noch drankommen... und dann der Rest der Welt"

Pan nickte. „Weltweit ist es erlaubt, oh ja!"

Margarethe meinte: „ Und sollen wir auch welche bauen oder baust nur du?"

„Jeder der möchte darf. Die Anleitung steht doch in meinem Regenbogen Buch."

„Dann Tschüss!" Man merkte ihr die Aufgeregtheit an.

Zehn Minuten später klingelte erneut das Telefon.

„Na, das kann ja heiter werden.", sagte Johannes und Flora meinte nur: „Ich geh ran, dann könnt ihr weiterreden."

Fünf Minuten später kam sie wieder rein.

„Du glaubst nicht, wer angerufen hat..."

„Annette.", sagte Johannes grinsend.

„Woher weißt du das?" fragte Flora.

„Na ja, ich habe sie doch zu den Maren geschickt. Und hast du ihr gesagt, dass sie jetzt einen Regenbogen bekommt?"

„Einen? Ha, über jedes Mar kommt einer und überall kommen Regenbögen hin!"

„Au, da haben wir etwas zu tun", sagte Pan. „Johannes, setz bitte sofort ins Internet, dass heute Regenbögen gebaut werden dürfen."

„Gut, mach` ich, gut."

Jetzt war Johannes auch ein bisschen aufgeregt. Zehn Minuten später kam ein Grinsen zurück.

„Alles erledigt. Es steht online. Ich denk`, es werden die Ersten bald lesen."

Und so verbreitete sich die Nachricht sehr schnell. Es ging wie ein Lauffeuer durch alle Freunde und Freundesfreunde, dass innerhalb dieses Tages noch Regenbögen gebaut werden sollten. Und es wurden sage und schreibe 1569 Regenbögen an diesem Tage noch gebaut. Und die Heilkraft der Bäume durfte langsam aber sicher ins Leben treten.

„Also, meine Lieben, jetzt haben wir ungefähr 20.30 Uhr und es wird langsam dunkel in Deutschland."

„Das stimmt allerdings, Behüter des Grundstücks.", sagte Johannes. „Was möchtest du damit sagen?"

„Ich möchte sagen, dass jetzt die Heilkraft der Bäume durch die Verstärkung der Regenbögen gebaut werden kann."

„Gebaut, ich dachte, es wird aktiviert?"

„Aktiviert und gebaut. Ich zeig` dir jetzt, wie das geht."

„Gut", sagte Johannes, „zeig`s mir."

„Also, zuerst verbinde ich mich mit dem Regenbogen, der genau an meinem Fuß steht."

Johannes übersetzte blitzschnell für Flora. Sie nickte ebenfalls.

„Erst reist mein Baumbeschützerwesen durch oder mit dem Regenbogen zu einem anderen Baum, der genau am Ende des Regenbogens steht und verbindet die beiden miteinander."

„Ja, das habe ich verstanden. Es geht dein Baumbeschützerwesen wieder zu dir zurück, hat aber eine Verbindung über den Regenbogen zu dem anderen geschafft, oder?" fragte Johannes.

„Genau, und so geht es weiter innerhalb des Allgäus, weiter innerhalb von Süddeutschland, weiter innerhalb von ganz Deutschland an den Grenzen entlang, dann so weiter innerhalb von Europa und dann weiter über den Atlantik, den Pazifik und die anderen Ozeane, rund um die ganze Welt!"

„Wie lange dauert das?" fragte Flora.

„Wir versuchen es, vor Mitternacht zu schaffen."

„Wow! Das ist aber schnell!" meinte Johannes.

„Das stimmt, sehr schnell, aber wir glauben, dass es machbar ist."

„Dann drücke ich euch die Daumen, nein, das sage ich lieber nicht, das tut ja weh. Dann wünsche ich euch viel Erfolg."

„Dankeschön. Wenn du willst, kannst du zum Yellowstone mit mir mitreisen."

„Wirklich?" fragte Johannes.

„Ja, wir haben eine indirekte Verbindung, von hier aus kommen wir zum Spessart non-stop und von da ist eine direkte Leitung zum Old Faithfull oder besser gesagt in die Nähe vom Old Faithfull zu einem großen Baum."

„Ah ja, das interessiert mich. Hast du etwas dagegen?" fragte Johannes seine Frau. Sie schüttelte den Kopf.

„Aber dass du mir ja wiederkommst, nicht dass du irgendwo hängen bleibst."

„Ja, ich reise ja nur mit dem Geist, ich bin ja hier mit dem Körper."

„Trotzdem schön aufpassen, hörst du?" sagte sie.

Pan musste lächeln. Wie besorgt sie doch um ihren Johannes war. Johannes legte sich auf seine Liege, über die er seine Reisen machen konnte und verband sich energetisch nach dem Gebet mit dem VATER, indem er um Schutz und um Kontakt zu den Naturwesen und zu den Baumwesen bat, und schon ging die Reise los, über den ersten Regenbogen in den

Spessart. Es dauerte gerade mal vier Sekunden. Es ging alles so schnell, dass sich Johannes gar nichts merken konnte. Schon waren sie an einer großen Linde angekommen, die Johannes sehr mochte. Sie stand im Spessart in einem kleinen Örtchen. Diese große Linde hatte den Namen Georg. Sie war über 600 Jahre alt.

„Grüß dich, Georg.", sagte er zu der großen Linde.

„Ich grüße dich, Johannes.", sagte Georg. „Ich bin froh, dass du jetzt da bist."

Johannes musste genau hinhören, denn Georg und das Baumbeschützerwesen von ihm sprachen sehr schwierig.

„Ich freue mich sehr!" Er umarmte Georg und sagte: „Wir kommen bald wieder, jetzt geht es weiter."

„Ich freue mich, wenn ihr wiederkommt."

Und schon ging die Reise weiter. Es dauerte 16 Sekunden, dann waren sie in der Nähe des Old Faithfull im Yellowstone Park. Dort stand Old Smooth und wartete. „Ich bin ganz außer mir, ich freue mich, freu mich, es ist komisch, komisch!"

Er war ganz aufgeregt. „Ich hab dich noch nie mit dem Astralkörper gesehen. Das ist so, ich bin schon ganz, ganz, ganz, oh yes."

Johannes schaute ihn an. Er sprach jetzt irgendwie anders, vorher hatte er so russischen Akzent gehabt, jetzt sprach er amerikanisch.

„Weißt du, das eine ist meine Astralkörper und das andere ist der physische Körper, es ist ein bisschen anders."

„Aha", sagte Johannes, „das ist natürlich die Lösung."

Dann schaute er Richtung Old Faithfull und war ganz begeistert, denn er kannte es nur von Bildern, in diesem Leben jedenfalls. „War ich schon einmal bei dir in einem früheren Leben?" fragte er Old Faithfull.

Er spürte eine nickende Antwort in seinem Kopf.

„Danke, mehr wollte ich jetzt gar nicht wissen. Was soll ich jetzt machen? Sollen wir jetzt hierbleiben, oder was mach ich jetzt, oder…"

Anstatt einer Antwort wurde er wieder zurückgerufen. Innerhalb weniger Sekunden war er wieder an der Linde und dann wieder im Garten und dann wieder im Körper. Er zuckte hoch!

„Wow! Wow! Wow!" sagte er ganz laut.

Flora kam rüber gelaufen. „Was ist los?"

„Oh, Süße, es war so super, es war unbeschreiblich, das kann ich dir gar nicht erklären!"

„Ja, dann sag!"

Und Johannes begann zu erzählen.

Danach fragte er Flora: „Möchtest du auch mal?"

„Nee, nee, heute nicht."

„Na ja, du musst ja nicht, es zwingt dich keiner."

Johannes ging wieder rüber ins Esszimmer, wo es am gemütlichsten war. Pan hatte sich auch wieder eingefunden.

„Na, wie hat`s dir gefallen, mein Freund?"

„War schon heftig, war schon echt, doch, hat was!"

Johannes konnte sich gar nicht mehr ausdrücken, so war er noch geistig auf der Reise... sozusagen.

„Und das können alle machen, so über den Regenbogen?" fragte er Pan.

„Nein, nein, mein Freund, das können nicht alle machen, das können nur wenige bisher geistig, nur die Naturwesen. Aber mit deiner Liege, die du so speziell konzipiert hast, da geht es natürlich auch."

„Und was machen wir jetzt?" fragte Johannes.

„Die Bäume werden weiterhin miteinander vernetzt und sobald alles abgeschlossen ist, werden wir sie rufen. Und man wird uns sagen, wie es weitergeht."

Einige Stunden später meldete sich der Wächter des Grundstücks. „Hallo, ich möchte noch einmal etwas ganz Wichtiges sagen."

„Was möchtest du denn sagen?" fragte Johannes.

„Die Aborigines haben uns gesehen und haben uns geholfen und einige Naturvölker in Afrika und Südamerika auch. Es war sehr schön."

„Ah, die Aborigines haben euch geholfen." Johannes freute sich, denn er mochte sie gerne.

„Ja, ein paar von ihnen, die nicht am Alkohol hängen, die noch spirituell in ihrer Traumzeit sind, wie sie sagten."

„Und wo war das in Südamerika?" wollte er wissen.

„Es war unten in Feuerland, es war sehr schön da."

„Was habt ihr mit dem Regenwald gemacht? Es ist natürlich vieles abgeholzt und wir versuchen es geistig jetzt wieder aufzubauen."

„Ja, da habe ich eine Durchgabe vom VATER mal bekommen. Ich glaube, die könnte ich jetzt mal raussuchen. Moment, ich habe alles sortiert. Ah ja, hier ist es. Der VATER hat am 29.01. 2011 folgendes gesagt: **„Meine Kinder, ich möchte, dass ihr bewusster die Heilkraft der Bäume benutzt. Jedes Meiner Kinder hat schon einmal bewusst oder unbewusst einen Baum berührt oder gar umarmt. Findet eine solche Umarmung bewusst und in Liebe statt, so geschieht eine Verschmelzung der beiden Auren für diese Zeit. Ihr könnt so etwas auch als eine gegenseitige Kontaktaufnahme der Liebe nennen. Große starke Bäume dienen als Mittler zwischen den Welten. Werdet ihr zu einem solchen Baum hingezogen oder spürt ihr eine besondere Verbindung zu ihm, so darf er euch als Kraftstation dienen. Ihr könnt ihm** auch eure Sorgen, Probleme und anderweitige Dinge mitteilen, die euch auf der Seele liegen. Der Baumbeschützer leitet sie liebevoll an Meine Helferengel zur Transformation weiter. Jeder Mensch, der Gutes tut und positiv denkt, kann Kontakt mit Bäumen aufnehmen. Sie spüren, wer ihnen wohl gesonnen ist und wer nicht. Fällt niemals Bäume, ohne vorher mit ihnen gesprochen zu haben. Das Baumbeschützerwesen muss sich nämlich dann einen neuen Baum suchen. Wenn ihr kraftvolle Begleiter für euer Leben sucht, so lasst euch führen. Es gibt so viele Äste und Wurzeln, die euch gerne begleiten und durch eure Zuneigung und Liebe auch Energie und Kraft an euch weitergeben können. Jeder Wald, der in Liebe betreten wird, fungiert dann als Kraftplatz für euch und alle Bewohner in ihm, die Gutes leisten. Wenn ihr jetzt ein Foto eures Baumes oder des gesamten Waldes in Liebe aufnehmt, so könnt ihr darüber mit ihm kommunizieren und auch seine Energie spüren. Sendet jetzt eine Liebeskraft über euer inneres Herz, verbunden mit Meiner Heilungsenergie in die ganzen Notgebiete der Erde, die dringend Waldenergie benötigen, die Regenwälder, die ohne Meine Erlaubnis drastisch abgeholzt werden, können so die Heilkraft der europäischen Bäume aufnehmen und dadurch kann das Klima der Erde positiv beeinflusst werden. Ihr seht Meine Kinder, es geschehen dann Wunder und die Erklärung und Ausübung ist leicht, wenn man Vertrauen in Mich und Meine Schöpferkraft hat. Amen. Euer VATER und größter Heiler aller Zeiten. Amen. Amen. Amen."

Johannes hatte es liebevoll in einem Ton, in einem anderen Dialekt vorgetragen. Man hatte das Gefühl, dass der VATER durch ihn sprach. Es war etwas ruhig, doch dann sagte Hutzlibub erstaunt und sehr, sehr angetan:

„Ja, VATER, wir haben das getan, jetzt, jetzt wird die Erde vernetzt, die Heilkraft der Bäume wird genutzt!"

Pan nickte. „Und jetzt darf ich das große Geheimnis lüften, die Heilkraft der Bäume. Bäume können untereinander, miteinander kommunizieren. Sie können das Leid und auch die vielen positiven Aspekte teilen. Sie können aber auch abschalten, so dass sie nicht immer nur das Leid und die Trauer mitbekommen. Aber jetzt können sie sich vereinigen, denn die Bäume sind ganz, ganz wichtig für das ökologische System der Erde. Was glaubt ihr, was passieren würde, wenn es keine Bäume mehr auf der Erde gäbe. Euer ganzes System würde zusammenbrechen, ihr würdet nicht mehr richtig atmen können."

Flora schluckte, nachdem es Johannes wiedergegeben hatte. Darüber hatte sie noch nie nachgedacht.

„So schlimm, Pan?" fragte sie.

Er nickte.

„Ja, aber jetzt haben wir den ersten Schritt der Heilung getan, den ersten Schritt auf dem Weg in die neue Erde. Aber die ganzen Kriege, die ganzen Aufstände, die ganzen Probleme, das Zinseszinsproblem und was da alles noch ist.", sagte sie.

„Gemach, meine Tochter, gemach. Wir haben den ersten Schritt getan, nicht den 20. Es geht der Reihe nach, Schritt für Schritt."

„Ach ja, es wäre doch schön, wenn die neue Erde schon da wäre", sagte sie und seufzte dabei.

„Gemach, es kommt zum richtigen Zeitpunkt. Der VATER macht das schon."

„Wir sind seine Handlanger, seine verlängerten Arme auf Erden", sagte Johannes.

„Genau", sagte Pan, „so ist es." Und dann lächelte er. „Lasst die Herzlichkeit, lasst die Freude, den Frieden, die Harmonie, das Licht und alles Positive heraus aus eurem inneren Herzen, aus eurer Seele und schickt es in die Welt hinaus", sagte Pan, „so wie es der VATER möchte."

„Ja, so machen wir es! Wir senden alles das, was der VATER möchte, aus unserem inneren Herzen hinaus in die Welt! sagte Flora.

„Genau!" sagte Johannes, „So machen wir es."

„Meine Lieben, ich möchte euch jetzt noch erklären, wie die Heilkraft der Bäume genau funktioniert.", sagte Pan.

Johannes schaute ihn an.

„Gut, dann erkläre bitte."

„Darf ich auch was sagen?" meldete sich der Wächter des Grundstücks.

Pan meinte: „Ich möchte zuerst den Teil, den ich vorbereitet habe, sagen und wenn ich etwas vergessen haben sollte, darfst du gerne ergänzend etwas sagen. Können wir es so machen?"

„Ja, natürlich."

„Fein, dann beginne ich jetzt." Pan räusperte sich. „Ihr Lieben, es ist nun mal so, die Bäume sind die Mittler zwischen Himmel und der Erde und wer einen Baum liebt, der hat einen Freund fürs Leben. Bäume sind die besten Kameraden, die man sich nur vorstellen kann. Aber die meisten Menschen denken bei Bäumen nur an Brennholz und bestenfalls, dass er im Wald stehen könnte und man dort wundervoll spazieren gehen kann. Das ist natürlich sehr wichtig, aber dass der Baum Brennholz liefert, ist nur ein Nebenprodukt. In erster Linie sollte der Baum nicht abgeholzt werden, sondern man sollte sich an ihm erfreuen und mit ihm zusammen Heilung oder positive Energien verbreiten."

„Hört, hört", kam plötzlich eine Stimme im Hintergrund.

Johannes drehte sich um.

„Hört, hört", kam die Stimme erneut.

Wer erdreistete sich denn, Pan zu unterbrechen?

„Hört, hört", ein drittes Mal. Bo-lin-ba hatte sich gemeldet, der Hüter des Yellowstone Parks.

„Ich habe einen Weg gefunden, zu euch zu kommen.", sagte er.

Pan lächelte ihn an.

„Es freut mich, dich hier zu sehen. Du durftest mich unterbrechen. Es freut mich wirklich, dass du hier bist. Wie hast du es geschafft?"

„Dank der vielen Regenbögen habe ich es geschafft. Sehr schön, ich bin ganz glücklich und ich habe jemand mitgebracht, schaut einmal." und er zeigte ein Bild von einem jungen Mann, „Es ist Jonathan."

„Hallo, Jonathan, grüß dich", sagte Johannes.

Flora schaute ihn an. „Es gibt so viele Jonathans, welcher ist es denn?" fragte sie.

„Das ist der, mit dem ich immer zusammengearbeitet habe, mein Orgonstrahler-Engel."

„Ah, ach so der, ich grüße dich auch Jonathan.", sagte Flora.

Jonathan war ganz erfreut, da zu sein.

„Oh, ihr Lieben, ich freue mich so, dass ich wieder einmal hier bin. Ihr hattet mich ja sozusagen damals ad acta gelegt, aber jetzt bin ich wieder da."

„Wir haben dich nicht ad acta gelegt, nein, nein. Wir arbeiten nur momentan mit jemand anderem zusammen."

„Na ja, ist ja egal, auf jeden Fall bin ich wieder da."

Johannes fragte: „In welcher Schwingung bist du jetzt?"

„In einer, wo du mich sehen kannst. Reicht das als Antwort?"

„Vollkommen", lächelte Johannes.

„Sagt mal, ihr Lieben, wenn wir jetzt eine Baummeditation zusammen machen würden? Ist das für dich in Ordnung, Pan oder wolltest du noch viel mehr erzählen?"

„Nein, ich war fast fertig. Gut, dann machen wir doch eine Baummeditation, oder?" sagte Pan.

„Ich habe nichts dagegen", meldete sich der Hüter des Grundstücks.

„Gut, also diese Baummeditation ist sehr, sehr wichtig! Sie geht folgendermaßen: **Geliebter VATER, wir danken Dir, dass wir alle Bäume dieser Welt über die spirituellen Regenbögen vernetzen durften und dass sie untereinander nicht nur Kontakt haben, sondern dass sie sich auch schützen dürfen, einen Ring, einen Schutz machen dürfen, einen Wall, einen Schutzwall sozusagen und dass wir mit den Regenbögen zusammen auf der Erde die Schwingung erhöhen können und dass alles Positive über die Regenbögen verschickt werden darf. Danke, danke, danke, geliebter VATER. Und**

**wie Johannes so schön sagt – Dein Wille geschieht JETZT!
Amen. Amen. Amen."**

„Amen" erklang es in der Runde.

„Also ich muss noch mal sagen", meinte der Hüter des
Grundstücks, „dass es ganz wichtig ist, dass die Menschen
regelmäßig mit den Bäumen sprechen, dass sie mit ihnen
reden, sie umarmen und ihre Heilkraft nutzen."

„Ja, das ist in der Tat wirklich sehr wichtig", fügte Johannes
hinzu, „da hast du Recht."

„Das sollten wir wirklich sagen und das sollte in dem Buch
auch drinstehen, dass man die Heilkraft nutzen kann. Und
weißt du, wie man sie nutzen kann?"

„Sag`s", meinte Flora, „sag`s."

„Also, man geht einfach nur hin zum Baum, umarmt ihn, dann
gibt man diesem Baum oder Baumwesenbeschützer einen
Namen. Dann ist es einfacher, mit ihm zu kommunizieren."

„Ja, genau wie du Hüter des Grundstücks heißt", sagte
Johannes grinsend.

„Ja, ich habe zwar noch einen anderen Namen, aber ich höre
auf Hüter des Grundstücks, das ist richtig."

„Hat jeder Baum eine andere Heilenergie? Fragte Flora.

„Ja, so ist es."

„Was hast du für Heilenergien?" bohrte sie nach.

„Ich bin gut für die Psyche, für Probleme auf der Seele, für allgemeine Krankheiten und wenn man traurig ist."

„Das ist aber viel, ganz viel", sagte Flora, nachdem sie erfahren hatte, was der Hüter des Grundstückes gesagt hatte.

„Ja, ich weiß, aber ich habe eine besondere Aufgabe."

Johannes wurde neugierig!

„So, hast du das?"

„Ja, das wirst du schon noch merken im Laufe des Jahres."

„Gut, dann lasse ich mich überraschen. Und was ist mit unserer schönen Edeltanne, die dasteht?"

„Sie ist auch etwas Besonderes, weil, Edeltannen in so einem guten Zustand, sieht man nicht so häufig."

„Das kann ich jetzt nicht beurteilen", meinte Johannes „ aber ich kann es mir vorstellen. Aber du weißt ja, ich liebe Tannen. Tannen sind meine Lieblingsbäume, ohne die anderen abzuwerten, aber ich habe einen besonderen Bezug zu Tannen."

„Ja, jeder Mensch hat irgendwie einen Lieblingsbaum, die anderen fühlen sich da nicht benachteiligt. Es stimmt schon."

Pan nickte.

„Flora mag fast alle Bäume, aber mich mag sie besonders gern, das sagt sie immer", meinte der Hüter des Grundstücks.

Hutzlibub meldete sich. „Es stimmt, das muss ich schon sagen. Flora ist ganz vernarrt in den Hüter des Grundstücks."

Johannes musste schmunzeln. „Gut, und wie können wir die Menschen jetzt motivieren, dass sie etwas machen?"

„Sag ihnen einfach, dass sie die Bäume umarmen sollen. Das andere kommt dann schon, und mit ihnen sprechen, und die Naturwesen und die Baumbeschützerwesen kommunizieren dann mit den Menschen mit der Zeit, das kommt schon. Nur, wer Bäume wirklich mag und nicht nur an das Fällen und ans Beleidigen und Wehtun denkt, kann auch mit ihnen kommunizieren."

„Ja, das kann ich mir vorstellen", sagte Johannes, „das sehe ich auch so."

Pan meldete sich wieder. „Jonathan hat noch eine kleine Botschaft für euch."

„Ihr Lieben, es ist so, dass die Bäume nicht nur Heilenergie senden oder Heilkraft senden, sondern auch, wie gesagt, für das Gleichgewicht und für die Energie der Erde zuständig sind. Ihr könnt euch gar nicht vorstellen, wie sehr sie über ihre Wurzeln miteinander verbunden sind, über die ganze Welt. Und dort, wo es Probleme gab wegen der Ozeane, sind jetzt die spirituellen Regenbögen da, um sie miteinander zu verbinden. Eine wundervolle Co-Existenz, sozusagen."

Johannes nickte und Flora nickte auch, nachdem sie sah, dass er nickte. Sie hatte es verstanden, auch ohne dass er übersetzt hatte. Es war geistig zu ihr übermittelt worden.

Sie sitzen sich hin und beteten:

„Geliebter VATER, wir danken Dir von Herzen, dass so viel Positives an diesem Tag und in dieser Zeit geschehen durfte, und wir bitten Dich auch weiterhin, dass wir als Deine Handlanger auf Erden, als Deine Kanäle weiterhin so viel Gutes tun dürfen, dass wir überall dorthin geschickt werden, auch geistig gesehen, dass wir das machen können, was Du meinst. Amen. Amen. Amen. Dein Wille geschieht JETZT! Amen. Amen. Amen."

Die Schwingung im Raum erhöhte sich immer weiter und allen war klar, wer da jetzt energetisch anwesend war.

Am nächsten Morgen, gegen acht Uhr, klingelte das Telefon. Flora und Johannes waren gerade aufgestanden. In der letzten Nacht war es wiederum 1.30 Uhr geworden, obwohl sie eigentlich vorgehabt haben, eher ins Bett zu gehen. Aber wie das so ist an bestimmten Tagen, da hat man dann einfach noch viel zu viel zu tun. Aber heute hatten sie sich wirklich vorgenommen, wenn das ganze Kapitel beendet ist, doch etwas eher ins Bett zu gehen.

„Hier ist Helmut", meldete sich die Stimme am Telefon. „Was ist denn bei euch passiert?" fragte er.

Flora erklärte in aller Seelenruhe, was denn passiert sei, und Helmut freute sich.

98

„Kann da bei der Erdheilung jeder mitmachen?"

„Klar, du kannst auch von zu Hause aus mitmachen", sagte Johannes, der Flora den Hörer abgenommen hatte. „Grüß dich erst einmal."

„Ja, grüß dich, Johannes. Wie meinst du das, von hier aus mitmachen?" fragte er.

„Ja, ich erklär` dir das…" und dann berichtete Johannes ihm in kurzen Worten, was vorgefallen war und Helmut war ganz aus dem Häuschen.

„Ja, und was für eine Aufgabe haben dann alle im Einzelnen?"

„Jeder Mensch hat eine andere Aufgabe, jeder Mensch macht die Erdheilung auf andere Art und Weise, denn nicht alle Menschen sind gleich."

Johannes hatte den Lautsprecher angeschaltet.

„Das weiß ich doch", sagte Helmut. „Aber welche Aufgabe habe ich?"

„Das spürst du im Herzen."

„Und wenn ich es nicht spüre, kannst du es mir dann sagen?" fragte er.

„Natürlich kann ich dir es dann sagen."

Johannes lächelte.

„Sehr gut! Und die Heilkraft der Bäume! Ich liebe Bäume!"

„Ich weiß", antwortete Johannes.

„Wieso weißt du das alles?" fragte Helmut.

„Weil ich es einfach weiß. Ich weiß es. Ich kann dir aber nicht sagen wieso."

„Schön", sagte Helmut. „Also werde ich jetzt was machen. Ich hab doch von dir noch so ein paar Erdheilungsenergetisierungsstäbe, wie du sie nennst."

„Ja."

„Du hast mir doch damals welche gegeben. Wie wär`s denn, wenn ich sie hier überall verteile?"

„Wunderbare Idee!" antwortete Johannes.

„Meinst du, ich soll sie bei kranken Bäumen in die Erde stecken?"

„Ganz gut. Du siehst es daran, dass Bäume Krebs haben oder krank sind, wenn sie so verkrüppelt sind. Und wenn sie auf Wasseradern oder Erdstrahlung stehen", sagte Johannes, „siehst du daran, dass sie sich so auseinanderdrehen oder wegwinden, man kann es richtig sehen."

„Verstehe", sagte Helmut. „Eine gute Idee. Ich habe noch 50 Stück von damals, du weißt schon, wo du mir die Schaschlikspieße programmiert hast, die kann ich doch wunderbar nehmen, oder?"

„Natürlich!"

„Das mache ich gerne für die Erde! Danke dir, tschüss, Johannes!"

„Tschüss", sagte Johannes und legte auf.

"Wie soll er das mit den Schaschlikspießen denn machen?" fragte Flora.

„Ja, da können wir doch etwas ganz Wunderbares machen. Ich setze ein Foto von einem Erdheilungsenergetisierungsstab ins Internet, und die Leute können dann die Hand drauflegen, oder?"

„Ne, mach's noch anders, pass mal auf. In dem Buch, was du schreibst", sagte Pan auf einmal, „da wirst du diese Information hineingeben und unterstreichen, und jeder, der diese Information braucht, kann seine Holzstäbchen über das Buch aufladen. Aber sie müssen aus Holz sein!

„Gut", sagte Johannes. „Ich mache das am Ende des Buches, als kleines Bonbon sozusagen."

Pan sagte: „Und der heutige Tag ist für euch jetzt ein bisschen zum Ausspannen. Ihr könnt bis zum Mittag oder auch danach ein bisschen relaxen, und dann geht es wieder weiter."

„Ich werde schon etwas zum Essen kochen", sagte Flora und verschwand in der Küche.

„Wunderbar", sagte Johannes. „Ich möchte bitte heute Grünkohl."

„Dein Leibgericht... so, so", sagte Flora und lachte.

9. Kapitel – Vorbereitung auf die neue Zeit

„Johannes, Johannes!" rief Flora.

„Ja, Schatzi, was gibt`s denn?" antwortete er.

„Ich glaube, da ist wieder jemand gekommen. Ich spür`s, ich weiß aber nicht, wer es ist, ich kann es leider nicht sehen."

Johannes kam ins Esszimmer. Pan stand da und lächelte.

„Schatzi, es ist Pan."

„Hab ich es mir doch gedacht", sagte Flora.

„Ich konnte es nicht ganz genau sagen, aber vom Gefühl her war es Pan."

„Meine lieben Freunde", begann Pan, „jetzt kommt ein genauso wichtiger Teil, wie der, den ihr schon absolviert habt."

„Sehr interessant", freute sich Johannes. „Was meinst du denn?"

„Ja, es wäre wunderschön, wenn ihr die Menschen aufklärt, wie man sich auf die neue Zeit vorbereitet, wie man alles Alte ablegt und sich auf die neue Energie vorbereitet."

„Ja, eigentlich steht doch alles in den Durchgaben vom Vater, die ich kriege", sagte Johannes.

„Das schon, aber wer liest das und wer versteht das. Nur die Menschen, die die Homepage kennen, " sagte Pan.

„Einfacher wäre es, wenn du es an Beispielen erklären könntest."

Johannes nickte zustimmend.

„Gut, dann lassen wir mal den VATER wirken", sagte Flora. „Es wird sich heute im Laufe des Tages schon einiges tun."

Kaum hatte sie zu Ende gesprochen, klingelte das Telefon.

„Ja, hallo?" meldete sich Flora.

„Grüß dich, Doris hier. Ich habe eine Frage an dich."

Flora lächelte und sagte: „An mich oder an Johannes?"

„Egal, ich habe eine Frage."

„Dann frag mal", sagte Flora.

„Weißt du, ich komme mit den Schwingungserhöhungen nicht so richtig zu Rande. Viele Leute fragen mich und ich weiß gar nicht, was ich sagen soll."

„Ich glaub`, ich geb' dir doch lieber den Johannes", sagte Flora.

„Grüß dich Doris",

„Ja grüß dich", sagte sie. „Du, was mach ich denn mit den Schwingungserhöhungen, wie kann ich den Leuten das erklären?"

Johannes lächelte. „Was haben die Leute denn?"

„Ja, viele Leute sind krank, haben auf einmal lang andauernde Bronchitis, Husten und andere Dinge, die nicht weggehen."

„Das ist in der Tat die Schwingungserhöhung. Tun ihnen vielleicht auch die Augen weh?" fragte er.

„Ja, sporadisch. Dann können sie auf einmal nichts mehr sehen usw. oder sind auf einmal schlagartig müde."

„Das ist die Schwingungserhöhung", meinte Johannes, „ganz sicher, ja. Ihr müsst euch das so vorstellen, dass der Körper des Menschen so konzipiert ist, dass er eigentlich mit dem, was er hat, auskommt und sich immer wieder entgiften und reinigen kann. Kommt jetzt etwas Neues hinzu in Form einer höheren Schwingung, muss er sich anpassen und im Körper gibt es so ein paar kleine Teilchen, die wollen das nicht."

„Meinst du das Ego vielleicht?" meinte Doris.

„Genau, das Ego, das Unterbewusstsein und manchmal auch das Realbewusstsein. Sie weigern sich einfach, die alten Muster, die alten Blockaden, abzugeben."

„Ja, das kenn ich", sagte Doris. „Das kenne ich nur allzu gut, von meinen Pappenheimern, die hier wohnen."

„Bei dir nicht?" fragte Johannes.

„Na ja, manchmal schon, aber ich bemühe mich."

„Gut, also du musst dir vorstellen, es geht folgendermaßen: Im Körper sind sehr oft ganz alte Muster, die sind ururalt. Sie kommen nicht aus diesem Leben und auch nicht von der Mutter. Also nicht im Mutterleib übernommen von der Mutter, nein, nein, die kommen aus dem letzten, vorletzten oder früheren Leben."

„Echt, wirklich?" fragte Doris.

„Jepp!" sagte Johannes. „Du musst es dir so vorstellen, wenn man etwas versprochen hat oder etwas auflösen muss und man hat eine Inkarnation gehabt und hat es nicht gelöst, dann schleppt man es wie so einen Mühlstein hinter sich her."

„Wie einen Mühlstein?"

„Ja, wie einen Mühlstein", sagte Johannes.

Doris war wirklich überrascht! „ Ja, und was soll ich dann machen? Klar, den Mühlstein abgeben. Und wie geht das?"

„Es geht ganz einfach. Du gehst ins Gebet und bittest den VATER, dass er dir hilft, alle alten Muster, Blockaden und vor allen Dingen Anhaftungen abzugeben."

„Mmh", meinte Doris, „das ist gar nicht so einfach. Kannst du mir dabei helfen?"

„Klar", sagte Johannes. „Ich kann dir schon helfen, nur abgeben musst du sie selber, ich kann dir Anleitungen geben, oder ich kann allen Menschen Anleitungen geben, weil wir wollen das in das neue Buch schreiben, weißt du?"

„Wirklich, ein neues Buch? Prima, freut mich."

„Ja, und das neue Buch, das wird all die Themen oder Thematiken, wie man das auch nennt, beinhalten."

„Interessant! Und, wann kommt es raus?"

„Das kann ich dir noch nicht sagen, aber so schnell wie möglich, hoffe ich. Wir sind nämlich gerade mittendrin."

„Oh, das ist ja spannend!" freute sie sich.

„Ja, du musst es dir so vorstellen: Also, eine althergebrachte Unsitte, wenn ich dieses blöde Wort mal benutzen darf …"

„Du darfst", sagte Doris.

„Man meint, dass alles, was man tut, so in Ordnung ist, weil man es immer schon so getan hat."

„Ja", meinte Doris, „so reden viele Menschen oder denken viele Menschen."

„Genau, und das ist es, was eben nicht richtig ist, sondern man sollte alles hinterfragen."

„Alles?" fragte Doris.

„Na ja, außer den Glauben zum VATER natürlich. Aber sonst sollte man eigentlich alles überprüfen, ob es so richtig ist."

„Du meinst auch Beziehungen, Job und Familie und Freundeskreis usw.?"

„Ja, und das kannst du ganz einfach machen", sagte Johannes. „Du brauchst einfach nur immer in dein Herz hineinfühlen, in dein inneres Herz, also in deine Seele. Was ist gut für dich und was nicht."

„Ah ja, du meinst also…"

„Genau", unterbrach sie Johannes. „Moment, pass auf."

Doris lächelte, denn sie kannte das. Wenn Johannes am Erzählen war, dann unterbrach er sie schon mal, aber nicht absichtlich, sondern weil er einfach in diesem Erzählrhythmus drin war. Sie lächelte.

„Also, Doris, es geht so: Du musst dir vorstellen, dass beispielsweise dein Sohn anruft oder deine Tochter und erzählt etwas, was du gar nicht hören willst. Jetzt hast du drei Möglichkeiten: Die erste Möglichkeit ist, du hörst es dir aus Höflichkeit an. Die zweite ist, du unterbrichst ihn und sagst, du möchtest es nicht hören, weil es dir schadet oder weil es du nicht magst, und die dritte ist, du diskutierst."

„Verstehe ich", sagte Doris, „genau. Dann gibt es aber noch eine vierte Möglichkeit, die wäre, mir alles anhören und dich hinterher fragen, was ich machen soll."

Johannes musste lachen. „Das geht natürlich auch. Aber, du musst dir vorstellen, liebe Doris, alles ist in dir. Du weißt eigentlich alles, du musst es nur wieder hervorrufen."

„Ich verstehe. Dankeschön für die Tipps!"

„Gern geschehen."

„Ja, ich muss schnell nach dem Essen gucken, sonst brennt mir etwas an. Darf ich mich später noch mal melden?"

„Du darfst. Tschüss, mach`s gut." Danach legte Johannes auf.

Jetzt war er sich sicher, dass der heutige Tag auch wieder so geführt werden würde, dass alles so kommt, wie der VATER es möchte. Flora reichte Johannes ein Glas Wasser, und er genoss es. Es schmeckte wunderbar mit den Schungitsteinen, dem Klinoptilolithpulver und verschiedenen Transmittern in der Karaffe. Er hatte sehr viele Dinge am Tag zu erledigen, doch eines vergaß er leider viel zu oft, genügend Wasser zu trinken. Wenn er seine Flora nicht hätte, die ihn regelmäßig daran erinnern würde und er sie dann wieder daran erinnerte… Aber so sollte es ja in einer Partnerschaft sein.

Pan schaute herüber und lächelte. „Weißt du was Johannes?"

„Ja, was denn?" fragte er.

„Das hast du gerade sehr schön erklärt. Und so, wie du es erklärt hast, steht es im Gedächtnis der Erde und wir können es auch ins Buch schreiben."

„Meinst du?"

„Natürlich, oder hast du etwas dagegen?" fragte Pan.

„Ich? Nö!" sagte Johannes.

„Gut, dann werden wir es so machen."

Als wenn es Absicht gewesen wäre, klingelte wieder das Telefon.

„Schatzi, gehst du mal ran", fragte Johannes.

Flora nickte, lächelte und ging zum Telefon.

„Grüß dich", sagte sie. „ Ja, er hat Zeit, Moment!"

Das war das Stichwort für Johannes.

„Pan, es tut mir leid, ich muss schon wieder ans Telefon."

„Geh` ruhig ran, es ich wichtig."

„Es ist wichtig? OK." Johannes nahm den Hörer an die Hand.

„Hallo?"

„Grüß dich", war am anderen Ende des Telefons zu hören.

„Hallo Uwe. Grüß dich."

„Wir haben ein Problem. Du weißt, in Australien ist immer das Wetter so schlecht, unsere Tochter wohnt doch da drüben. Kannst du mal gucken und was machen wegen dem Hurrikan?" Uwe´s Frage war natürlich berechtigt.

„Ja, können wir machen."

„Danke dir, tschüss."

„Tschüss."

Pan schaute ihn an.

„Ich würde sagen, wir beten."

Johannes hatte es aus tiefstem Herzen gesprochen.

„Gute Idee!" Sie setzten sich hin, vertieften sich, Flora zündete wieder die weiße Kerze an, und dann beteten sie:

„Geliebter VATER, wir bitten Dich jetzt, dass, wenn es Dein Wille ist, in Australien und sonst wo auf der Erde nur dieses Wetter geschieht, was Du möchtest, was gottgewollt ist und dass niemand an dem Wetter herummanipuliert, niemand das Wetter verändert und dass nur das geschieht, was Du möchtest und dass alle Menschen unter Deinem Schutz stehen, die an Dich glauben. Amen. Amen. Amen."

Die Energie in ihren Körpern stieg. Johannes bekam eine Stimme im Kopf, die sagte: „So sei es!"

„Wie kann ich sehen, was in Australien passiert?" fragte er Pan.

„Oh, geh doch mal auf die einschlägigen Wetterseiten."

„Gute Idee!" Johannes öffnete den Computer. Nach wenigen Minuten hatte er eine entsprechende Seite gefunden, die das Wetter in Australien zeigte. In der Tat, da war etwas wie ein Hurrikan auf dem Weg.

„Oh, er wird weniger", sagte er nach 30 Minuten, „noch weniger, Klasse!"

Nach einer weiteren halben Stunde war er keine ernsthafte Bedrohung mehr.

„Du siehst, der Vater hat ihn entschärft."

„Meinst du, er hätte es auch getan, wenn wir nicht darum gebeten hätten?" fragte Johannes.

„Das ist schwer zu sagen. Das kommt darauf an, wer noch alles betet. Manchmal reicht ein Gebet, das innig gesprochen wird", sagte Pan.

„Manchmal sind es auch mehrere. Bist du sehr viel bei Menschen, Pan?" fragte Flora.

Er lächelte sie an. Sie konnte nur erahnen, wo er stand.

„Nein, nicht so viel bei Menschen, aber manchmal schon. Und es gibt mehrere so wie ihr, mit denen ich auch kommunizieren kann."

Pan musste lächeln. Johannes stieg ins Lächeln ein.

„Lachen macht gesund, nicht krank, Lachen macht frei!"

„Genau, so ist es, Lachen macht frei!"

Wieder klingelte das Telefon.

„Ist das normal bei euch?" fragte Pan.

Johannes lächelte. „An manchen Tagen steht das Telefon nicht still, da haben wir zwanzig bis dreißig Anrufe."

„Wie arbeitest du dann noch?" fragte Pan.

„Das frage ich mich manchmal auch. Aber zum Glück kann Flora auch viele Gespräche annehmen und hält sie dann zurück bzw. sagt dann nur das Notwendigste, damit ich noch arbeiten kann."

„Macht es doch ganz einfach", sagte Pan, „ihr stellt euch vor, dass die wichtigen Anrufe nur in der Zeit kommen, wenn ihr Zeit habt."

„Das geht doch nicht, manche Menschen merken das nicht."

„Dann bitte einfach darum, dass eine halbe Stunde lang mal keiner anruft. Fertig, aus!" Pan hatte gesprochen.

„Gut, dann probieren wir das einmal."

Und sie testeten es, und tatsächlich ging das Telefon eine halbe Stunde lang nicht. Es war ruhig, sie konnten in Ruhe beten und für die geliebte Erde wunderbare heilsame Dinge tun.

„Ja, Pan, da fällt mir ein, ich soll den Josef zurückrufen. Der Josef hat so eine schlimme Erkältung. Seit dem 28. Dezember hat er einen Husten und der geht und geht nicht weg."

„Ja, das ist aber nicht nur die Schwingungserhöhung", sagte Pan. „Das hat auch mit seelischen und mentalen Problemen zu tun."

„Weißt du ein Naturheilmittel, das hilft?"

„Wie wäre es denn, wenn du das Rezept vom VATER durchgibst?" sagte Pan.

Au ja, das ist eine gute Idee! Ja, das mache ich auch."

Flora schaute ihn an. Meinst du das mit dem Bad?"

Johannes nickte und ging zum Telefon und wählte die Nummer von Josef: „Grüß dich", sagte er. „Ja, Johannes, Servus", kam seine verkrächzte Stimme am anderen Ende zum Vorschein.

„Pass mal auf, es gibt ein Heilmittel, vom VATER durchgegeben. Man legt sich in die Badewanne, und das Wasser sollte Körpertemperatur haben, weil Körpertemperatur das Allheilmittel gegen fast alles ist!"

„Ja, ich höre", sagte die sympathische Stimme mit dem oberbayerischen Akzent.

„Die Körpertemperatur sollte zwischen 37 und 38 Grad sein und du legst dich also mindestens eine Stunde oder so lange du kannst, es können auch vier bis acht Stunden sein, wie du kannst, in die Badewanne, und das Wasser sollte keine Zusätze haben."

„Aha!"

„Und du lässt immer kaltes Wasser ab und warmes zu. Das Zimmer sollte auch einigermaßen temperiert sein, und nehme ein Wannenthermometer mit in die Wanne, dass du immer weißt, wie die Temperatur ist."

„Ja, ich hab` noch so ein Thermometer."

„Gut", sagte Johannes, „und dann wirst du merken, dass es dir bald besser geht."

„Wirklich?"

„Ja."

„Gut, ich werde es probieren."

„Und je länger du drinbleibst, desto besser ist es."

„Was passiert denn da?" fragte Josef.

„Nun, die ganzen Gifte, Schlacken usw. können aus dem Körper ausgeschieden werden, nur durch die Körpertemperatur. Das gleiche geht auch mit dem Duschen. Du kannst dich theoretisch auch eine bis zehn Stunden unter die Dusche stellen oder setzen und die Brause von oben laufen lassen und immer die Stellen, wo du das Gefühl hast, dass es dir nicht gut geht, bestrahlen."

„Das kostet aber immens viel Wasser, Johannes!"

„Was ist jetzt wichtiger, deine Gesundheit oder das Wasser?"

„Ja, wenn ich bade, brauche ich aber nicht so viel Wasser."

„Ja, dann bade. Es geht beides."

„Gut!"

Josef war einverstanden.

„Es sind sogar Leute dabei, die haben Brüche damit geheilt."

„Au, das hört sich aber interessant an."

Josef freute sich!

„Ja, und deine Erkältung wird auch besser, das wirst du sehen."

„Wunderbar."

„Um deine seelischen Sachen kümmern wir uns später. Erstmal musst du schauen, dass das andere weggeht."

„Ja, ist gut, ich danke dir!"

„Gern geschehen, kommt von Herzen."

Pan schaute ihn an. „Du hast doch das Ozongerät. Beim letzten Baden hast du den Schlauch des Ozongerätes ins Wasser gehalten."

„Ja", sagte Johannes, „das stimmt."

„Nun, wenn du jetzt nur körpertemperiertes Wasser in der Wanne nimmst und dein Ozongerät anschließt und den Schlauch davon ins Wasser hältst, dann hast du Ozon und Sauerstoff im Wasser, und das tut dem Körper sehr, sehr gut."

„Ich weiß", sagte Johannes, „das weiß ich."

„Ich hab`s jetzt nur noch mal erwähnt, damit du es vielleicht auch mit ins Buch hineinnimmst", meinte Pan.

„Oh, das ist eine gute Idee", sagte Johannes und Flora rief von hinten: „Vergiss nicht, es gibt noch was Wichtiges!"

„Ah ja, natürlich. Ich möchte noch erwähnen, dass man mit einem Ozongerät, dafür taugt auch ein herkömmliches, was man z. B. im Zoozubehör kaufen kann, womit man die Aquarien bestückt, so ein ganz normales, damit kann man auch das Wasser energetisieren. Man nimmt einfach ein Glas Wasser oder eine Karaffe und hält den Schlauch hinein. Am besten das Fenster öffnen, denn Ozon sollte man nicht einatmen. Jetzt das Ozon in das Wasser geben und das Wasser relativ zügig trinken. Ozon ist sehr energetisch und hilft bei der Reinigung des Körpers. Es holt viele Giftstoffe heraus, stimmt doch so Pan, oder?"

„Ja, sehr richtig erklärt."

„Und wenn man jetzt gutes kaltgepresstes Olivenöl ozonisiert, d. h. den Schlauch für eine halbe Stunde in die Olivenölflasche hält, kann man dieses Olivenöl dann auch beispielsweise in ein Glas Wasser tropfenweise hineingeben, dann ist die Information auch in dem Wasser."

„Genauso ist es. Man sollte aber eine halbe Stunde vorher und nachher nichts essen."

Pan nickte.

„Ja, stimmt, genauso ist es", sagte Johannes,

„Und kein Vitamin C gleichzeitig nehmen, weil Vitamin C und Ozon verträgt sich nicht, das hebt sich gegenseitig auf."

„Stimmt", sagte Johannes, „da hast du Recht, Pan, das habe ich ganz vergessen zu erwähnen."

„Wenn man jetzt z. B. von dem ozonisierten Olivenöl ein paar Tropfen mit in die Badewanne gibt, aber nur ohne alles, nur das Wasser rein, das ist super, wow! Da freut sich der Körper." Hutzlibub hatte dieses zum Besten gegeben.

„Und wie viele Tropfen meinst du, Hutzlibub?" fragte Johannes.

„5 – 10 vielleicht, das reicht."

„Gute Idee. Und die Schwingung geht ins ganze Wasser?"

„Klaro! Und wie, das ist ganz gut für die Haut und für den Körper." Der kleine Wichtel lief zur Höchstform auf!

Plötzlich stand eine hohe Gestalt im Türrahmen. Es war ein Engel.

„Welcher Engel ist das?", fragte Johannes.

„Diesen Engel kennt ihr noch nicht. Ich möchte ihn euch gerne vorstellen. Es ist der Beschützer des Landes."

„Der Beschützerengel des Landes? Wer ist das?"

Johannes schaute irritiert.

„Das ist der Engel, der dieses Land hier beschützt."

„Meinst du Deutschland?" fragte Flora „Oder Bayern oder Allgäu, was meinst du?"

„Ich meine Allgäu, es ist der Allgäu-Engel."

„Ha, der Allgäu-Engel, so etwas Schönes gibt es?" fragte Flora, nachdem sie erfahren hatte, wer da war.

„Ja. Gott zum Gruße", sprach der Engel.

„Gott zum Gruß, lieber Allgäu-Engel", sagte Johannes.

Flora begrüßte ihn auch.

„Ich freue mich, dass ich mit euch endlich einmal Kontakt aufnehmen kann. Wir haben schon sehr oft miteinander gesprochen, aber ich habe mich bisher nicht zu erkennen gegeben."

„Sehr oft miteinander gesprochen, wann denn?" fragte Johannes.

„Jedes Mal, wenn du hier im Allgäu etwas Gutes tust."

„Darf ich fragen, für welches Gebiet du zuständig bist? Für das bayerische Allgäu oder für das württembergische Allgäu oder für das gesamte Allgäu?"

„Für alles, was in das Gebiet Allgäu gehört, also der württembergische und der bayerische Teil."

„Und ist wirklich da Schluss, wo die Grenze ist, also wenn jetzt ein Haus hinter der Grenze steht, auch?"

„Nein, ganz so genau nehmen wir es nicht. Aber im groben die Grenze vom Allgäu, ja."

„Also das Bodenseegebiet jetzt nur zum Teil, oder?"

„Stimmt, nur der Lindauer Teil."

„Gibt es auch einen Bodensee-Engel?"

„Natürlich. Es gibt mehr Engel, als du dir vorstellen kannst, das dürfte erst einmal reichen."

„Ja, aber für die Leute, die im Buch lesen, wenn jetzt z. B. jemand in Schleswig-Holstein wohnt, gibt es dann einen Schleswig-Holstein-Engel?"

„Ja, für jedes größere Gebiet gibt es einen Engel. So kann man es in etwa nennen.

„Und gibt es auch einen Überregional-Engel?"

„Die gibt es auch."

„Also gibt es auch einen Deutschland-Engel?"

„Ja, obwohl es mehrere sind, nicht nur einer."

„Das heißt also, die Länder haben teilweise mehrere Engel, die aufpassen."

„Ja, aber, das wäre jetzt zu kompliziert, um das im Einzelnen zu erklären. Stellt euch einfach vor, es ist so."

„Interessant", sagte Flora, „sehr interessant. Und wie können wir zusammenarbeiten? Bist du dann für die Devas zuständig?"

„Unter anderem ja, aber nicht für alle Devas."

Sie nickte, nachdem ihr Johannes die Antwort übermittelt hatte.

„Ach so. Gibt es Devas, die dem VATER zugeordnet sind und welche, die dem Vater nicht untergeordnet sind?"

„So ist es. Das hast du gut erkannt."

„Also, gibt es auch Devas, die Sadhana untergeordnet sind oder ihren Handlangern?"

„Ja, in manchen Regionen gibt es Devas, die nicht unbedingt dem VATER treu sind, aber dieses Thema möchten wir jetzt nicht ausführlich erörtern."

„Wir haben doch mal ein Experiment gemacht, das kennst du wahrscheinlich, als ich noch in Bad Grönenbach gewohnt habe. Da haben wir einmal einen Deva-Engel gebeten, dass wir dieses „Findhorn-Experiment" nachmachen möchten, verstehst du, dass wir quasi alles in Riesenwuchs haben."

„Ich weiß", sagte der Allgäu-Engel, „Ich war derjenige, der euch überwacht hat."

„Ach, du warst es, dann brauche ich ja nicht näher aus dem Nähkästchen zu plaudern", sagte Johannes hocherfreut!

„Nein, brauchst du nicht. Ich weiß Bescheid. Ihr hattet alles im Riesenwuchs, aber nur, weil ihr auch bereit wart, das zu tun, was der VATER sagte und dass ihr für die, na ja wir sagen mal, Schädlinge, wenn man das mal so ausdrücken möchte, also für die ganzen Kleintiere, die alles wegfressen möchten, einiges zur Verfügung gestellt habt, was für sie dann als Fresseinlage, wie auch immer man es nennt, da war."

„Ja, wir haben einfach Salat gepflanzt, und diesen Salat haben die dann weggeputzt, die Schnecken usw."

„Genau, und eure Sachen haben sie in Ruhe gelassen. So ist es."

„Wir haben alles in Riesenwuchs gehabt, Kartoffeln riesig, Zucchini riesig und alles Mögliche und natürlich riesige Kürbisse. Die konnte man gar nicht mehr lupfen, so schwer waren die."

„Du siehst, es geht, wenn man das Vertrauen hat."

Johannes nickte.

„Ja, vor allem der Boden war kärglich, der war nicht besonders. Meinst du, wir können das hier im Garten auch so machen?"

„Natürlich, das ist durchaus möglich. Aber, ihr müsst es wollen. Was sagt der Hüter des Grundstücks dazu?"

Das Baumwesen meldete sich: „Also, ich muss schon sagen, dass ist möglich", meldet sich plötzlich der Hüter des Grundstücks.

„Ist es denn möglich", fragte Johannes, „dass wir jetzt auf die Schnelle, na ja, wenn ich das so sagen darf, noch etwas Produktives für unsere geliebte Erde tun können?"

„Natürlich" sagte das Baumwesen.

Johannes setzte sich bequem hin und sagte: „Erinnert ihr euch daran, dass der VATER sagte, dass die Erde ganz anders aussieht, als man uns weis gemacht hat? In der Bibel steht, dass die Erde ein Firmament hat. Stellen wir uns vor, dass das so ist und halten jetzt unsere Hände über dieses „Dach" sage ich mal, diesen Schutz für unsere geliebte Erde und senden ihr auf diese Weise segnend Energie vom VATER, in seinem Namen sprechend."

Flora schaute überrascht, aber nickte dann.

„Ich sende jetzt aus meinem geöffneten Herzen die Liebesenergie, das Licht, die Friedensenergie, die göttliche Gerechtigkeit und alle positiven Aspekte, die GOTTVATER jetzt durch mich fließen lassen will, in die Erde hinein."

Dabei hielt er seine Hände segnend über der Erde mit dem Firmament, wie er es sich vorstellte und sagte weiter: „Die Heilenergie fließt jetzt hinein, so ist es und so sei es und es geschieht alles, was der VATER erlaubt. Amen. Amen. Amen."

Dann wurde es ganz warm zwischen seinen Händen, und er spürte, wie aus seinen Händen und aus seinem geöffneten Herzen die Heilenergie in die geliebte Erde hineinfloss.

„Kommt das alles an?" fragte Flora ganz leise.

„Wenn man sehr innig mit dem VATER verbunden ist, ja."

„Geht das auch ins Gedächtnis der Erde hinein?"

„Ja."

Eine Minute später waren alle sehr ergriffen, und Johannes stand wieder auf.

„Das war sehr, sehr eindrucksvoll", sagte er.

Der Allgäu-Engel schaute ihn an. Mit seiner Größe von über zwei Metern war er eine stattliche Erscheinung. Er hatte lange, blonde Haare, blaue Augen und ein ganz zierliches samtenes Lächeln. Er sah so aus, wie man sich Engel vorstellte. Auch seine Flügel waren sehr, sehr sanft, fast transparent, und wenn er vorwärtsging, dann bewegten sie sich leicht.

„Kannst du wirklich damit ganz real in der 3. Dimension fliegen?" fragte Flora.

„Natürlich geht das."

„Kannst du in jeder Dimension fliegen, in der du existierst?"

„Ja."

„Kannst du schneller fliegen als Elfen und Feen?"

Flora war jetzt schon wieder am Fragen.

Hutzlibub musste schmunzeln, als er das hörte. Der Allgäu-Engel schaute Johannes an und sagte ganz sanft: „Ja, das ist möglich."

„Können wir auch fliegen?" fragte Flora dann und nickte.

„Du hast dir deine Antwort schon gegeben. Du hast gefragt und gleichzeitig genickt."

Flora war überrascht. Sie hat es gar nicht gemerkt, dass sie genickt hatte. „Wir können fliegen?"

„Na ja, in der 3. Dimension ist es etwas schwierig, aber schon, ja. Jeder Mensch, der an den VATER glaubt und spirituell ist, kann fliegen, aber in seiner höheren Schwingung natürlich."

„Ach so, ich dachte schon, wir können durch Wände gehen und so."

„Na ja, theoretisch ist es möglich", sagte Pan, „aber nur theoretisch, praktisch ist es etwas schwierig. Ihr müsst eure Frequenz erhöhen, dann ist es möglich, dann hebt ihr die Materie auf."

„So ungefähr wie beim Bau der Pyramiden in Gizeh?" fragte Flora.

„Nun, das war schon ein bisschen anders, viele Pyramiden wurden anders hergestellt, als man es heutzutage vermutet...."

„Wie lange hat es denn gedauert, bis so eine Pyramide fertig war", wollte sie jetzt wissen.

„Nicht so lange, wie die Menschen dachten. Vieles wurde gegossen. Reicht das als Antwort?"

„Nein, das reicht nicht."

„Du bist aber heute kess", sagte Johannes.

„Na ja, wenn ich schon mal die Chance hab` zu fragen."

„Sie wurden in einer relativ kurzen Zeit gebaut. Mehr möchte ich zu dem Thema jetzt nicht sagen, das passt auch nicht hier her."

„Nicht? Schade", sagte Flora. Johannes lächelte:

„Was sollen wir denn noch mit reinnehmen ins Buch. Gibt es noch etwas Wichtiges?"

„Es gibt noch so viele wichtige Themen", sagte Pan. „Zum Beispiel, dass jeder Mensch für sich selber verantwortlich ist, jeder ist selber „schuld", was er tut, was er macht, wie er lebt. Jeder kann viel mehr erreichen als er geschafft hat. Aber die meisten Menschen trauen es sich nicht zu oder glauben, es steht ihnen nicht zu. Zu steht aber allen Menschen, dass sie einen direkten Draht zum VATER kriegen können, wenn sie von der Schwingung her demütig genug sind", sagte er dann.

„Das stimmt", sagte Johannes. „Predige ich auch immer."

Alle Anwesenden nickten.

„Weißt du was, Pan?" fragte Johannes jetzt. „Wie wäre es denn, wenn wir den Menschen noch etwas über den Kontakt zur Naturwesen-Welt erklären? Ich glaube, das liegt ihnen sehr am Herzen."

Jetzt nickte sogar der Allgäu-Engel. Pan stand auf und mit seinen fast 1,90 m war er in etwa gleich groß wie Johannes und schaute ihm genau in die Augen.

„Nun mein Freund, ich werde dir einiges erzählen, was du noch nicht weißt und was wahrscheinlich selbst dich in Erstaunen versetzen wird."

Johannes war ganz Ohr. Er sagte Flora, was Pan gesagt hatte, und sie spitzte auch ihre Ohren.

Pan begann zu erzählen: „Das Naturwesenreich ist wesentlich größer und wesentlich intensiver und breit gefächerter, als ihr es euch in euren kühnsten Träumen vorstellen könnt. Wenn ihr wüsstet, was und wer alles dazugehört, dann würdet ihr nur so mit den Köpfen schütteln und es kaum glauben können. Die bekanntesten Naturwesen in eurer Welt sind sicherlich die Elfen, die Feen, die Zwerge, die Wichtel, Nixen, Pegasus, die Einhörner und leider ich, aber in einer sehr, na ja, sagen wir mal negativen Bedeutung. Die meisten Menschen denken, dass Pan nur dazu da ist, junge Mädchen zu verführen, aber das stimmt natürlich nicht. Das ist eine andere Energieform, die sich auch Pan nennt."

„Ah, interessant.", sagte Johannes, „das wusste ich noch nicht."

„Jetzt weißt du es", sagte Pan. „Ihr müsst euch vorstellen, dass alles, was lebt, alle Pflanzen, von Naturwesen betreut werden, alle. Es gibt keine Ausnahme. Selbst einige Steinsorten und Steinarten werden betreut."

„ Ja, die Stein-Elfen, habe ich schon kennen gelernt.", sagte Johannes, „ in einem meiner Bücher steht es."

„Und jetzt könnt ihr euch vorstellen, wie viele verschiedene Naturwesen es gibt, und ihr Aussehen ist sehr mannigfaltig, sehr unterschiedlich. Wenn ihr wüsstet, wie viele Naturwesen alleine im Wasser leben oder mit dem Wasser zu tun haben. Die Undinen, Nixen, Wassermänner, Wassergeister usw., ganz viele verschiedene, die ihr gar nicht kennt."

„Darf ich dich was fragen, Pan?"

„Ja, du darfst."

„Ich habe von den Selkies gehört, halb Mensch und halb Robbe. Gibt`s die?"

„Ja, die gibt es, auch wenn sie nur in der schottischen und irischen Mythenwelt zuhause sind."

„Interessant." Johannes nahm sich noch einmal ein Glas Wasser und trank. „Aha, habe ich mir doch gedacht, dass es die gibt."

„Sie haben sich auch schon mal bei dir gemeldet, Johannes."

„Ja, ich weiß", sagte er, „sie möchten gerne ihre Geschichte erzählen."

Pan erzählte weiter. „Pegasus, das einzige geflügelte Einhorn, ist so ein Einzelfall. Da gibt es nur eins von."

„Na ja, auf unserer Meditations- CD „Reise in das Reich des Pan" hast du es ja eindeutig erklärt, Pan."

„So ist es, sagte er, „aber ich möchte noch dazu sagen, dass etwas anderes genauso wichtig ist."

„Und was wäre das?" fragte Johannes.

„Das aller, aller Wichtigste ist es das absolute GOTTVERTRAUEN! Der Kontakt zu den Naturwesen kann nur klappen, wenn man absolutes Gottvertrauen hat. Und das klappt auch nur dann, wenn man tief im Herzen GOTTVATER an erster Stelle trägt und auf der Seele natürlich, im inneren Herzen."

„Ich weiß, ich predige das auch täglich den Menschen, und in den VATERWORTEN, die ich bekomme, ist es ja auch immer wieder ein Bestandteil."

„Genau, und wer innig und in Verbindung zum VATER und zu den Engeln steht, der hat auch eine Verbindung zu uns."

Johannes merkte, wie der Allgäu-Engel ihn anschaute.

„Lieber Allgäu-Engel, möchtest du noch etwas zu der Thematik sagen?"

„Meine Lieben, es ist so immens wichtig, dass ihr ein absolutes Gottvertrauen habt. Wenn der VATER euch zu einer Mission beruft, so solltet ihr voller Freude diese auch annehmen, denn viele Dinge, um die der VATER euch bittet, habt ihr ihm vor dieser Inkarnation versprochen. Das dürft ihr nie vergessen! Meine Lieben, diese Zeit, in der ihr lebt, ist eine ganz besondere Zeit, so eine Zeit gab es noch nie. Seid euch im Klaren, dass dieses Land, dieses Refugium hier, das ihr Allgäu nennt, einen besonderen Stellenwert auf der Welt hat. Das Allgäu ist nicht nur das Tor zum All, sondern es hat eine besondere Energie. Wisst ihr, es ist so was von wichtig, dass die Menschen wissen, wo sie leben und wenn sie spüren, dass der Platz, an dem sie leben, nicht gut für sie ist, weil Erdstrahlen da sind oder Wasseradern oder andere Dinge, sollten sie sich dann vom VATER dorthin führen lassen, wo der richtige Platz für sie ist. Dort, wo der VATER euch hinschickt, ist der richtige Fleck. Und die Heimat, die Energie also, mit der ihr verbunden seid, ist die Heimatenergie, die euch gesund macht."

Er stoppte. Johannes erzählte es Flora.

„Darf ich etwas fragen?" Der Allgäu-Engel nickte.

„Heißt Heimat dann für mich z. B. Allgäu, weil ich hier geboren bin, oder heißt Heimat, wo wir herkommen, aus dem Vaterhaus?"

„Das ist eine gute und berechtigte Frage.", sagte der Allgäu-Engel. „Für manche Menschen ist dort Heimat, wo sie geboren sind, in diesem Leben, weil sie sich einfach damit assoziieren, für andere Menschen, die sehr spirituell sind wie ihr, für die ist Heimat, wo sie wirklich herkommen. Es gibt natürlich auch Plätze auf der Erde, die euch besonders wohlwollend gesonnen sind, weil ihr dort wundervolle

Erlebnisse hattet. Es gibt auch Orte, die ihr nicht mögt, weil ihr dort negative Erlebnisse hattet, versteht ihr?"

Johannes nickte und übersetzte es kurz Flora. Sie lächelte dankbar.

„Heimat ist immer unterschiedlich zu sehen. Für manche ist Heimat da, wo sie leben oder dort, wo sie geboren sind oder auch da, wo ihre Seele herkommt. Jedenfalls ist die Heimat für die Menschen wichtig. Und in diesem Leben ist es auch wichtig, wo ihr euch zuhause fühlt, denn wenn ihr euch an irgendeinem Platz, wo ihr lebt, nicht zuhause fühlt, dann könnt ihr die Aufgabe, die der VATER mit euch vorhat, nicht richtig erfüllen. Das kann man nur, wenn man glücklich ist."

„Das verstehe ich.", sagte Johannes. „Vielen Dank, lieber Allgäu-Engel."

„Gern geschehen.", sagte er. Dann hörten sie noch „Gott zum Gruß" und schon war er entschwunden.

„Wollen wir den Menschen noch was auf die Reise geben?"

„Ja, wenn die Menschen jeden Abend zum VATER beten, dann sollen sie auch darum bitten, dass die Nächstenliebe geschieht und dass das geschieht, was der VATER möchte."

„Und wie sieht es jetzt mit unseren Vulkanen und anderen Dingen aus?"

„Weißt du, einige Dinge müssen trotzdem geschehen, aber die schlimmen Sachen, die ganz schlimmen, die sind jetzt verhindert worden. Lob und Preis dem VATER, Halleluja, Lob und Preis.", sagte Pan.

„Halleluja, Lob und Preis.", wiederholten Johannes und dann auch Flora. „Amen, Amen, Amen."

„Gehabt euch wohl.", sagte Pan, zwinkerte noch einmal mit den Augen, lächelte und war verschwunden.

Ende des Buches

Wer lernt mit dem Herzen zu hören, ist offen für die Notsignale der Menschen, die sie überall in der Welt aussenden und kann so die Heilkraft des VATERS versenden.

ERDHEILUNGS-ENERGETIERSTAB

(den Holzstab drauflegen und aufladen)

Universelles Gebet:

Geliebter VATER, wir danken Dir, dass wir unter Deinem Schutzmantel stehen,

dass Du immer auf uns aufpasst,

dass unser Haus und Grundstück beschützt, behütet und gesegnet ist,

dass Du alles Negative jeglicher Art von uns fernhältst,

dass weiterhin Frieden in (hier: Land einsetzen) ist

und Du Kriege jeglicher Art von uns fernhältst.

Wir danken Dir, dass Du alles Positive, was wir benötigen, in uns feinstofflich einstrahlst, was dann nach und nach auch in unseren grobstofflichen Körper eingeht.

Wir senden jetzt Dein Licht, Deine Liebe und Deine göttliche Gerechtigkeit – in Deinem Namen gesprochen – hinaus in die Welt, damit es überall dorthin fließt, wo Du meinst, dass es hinfließen soll.

Danke, Danke, Danke geliebter VATER!

Amen. Amen. Amen.